U0938335

閻連科
文學理論系列

小說的信仰

閻連科 著

中華書局

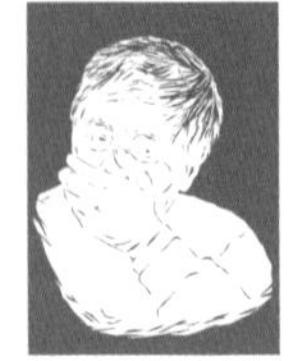

閻連科
文學理論系列

◎責任編輯：潘沛雯
◎封面設計：麥穎思
◎版式設計：麥穎思
◎排　　版：楊舜君
◎印　　務：劉漢舉

小說的信仰

閻連科 著

出版｜中華教育　中華書局（香港）有限公司
香港北角英皇道 499 號北角工業大廈 1 樓 B
電話：(852) 2137 2338 傳真：(852) 2713 8202
電子郵件：info@chunghwabook.com.hk
網址：http://www.chunghwabook.com.hk

發行｜香港聯合書刊物流有限公司
香港新界荃灣德士古道 220-248 號 荃灣工業中心 16 樓
電話：（852）2150 2100　傳真：（852）2407 3062
電子郵件：info@suplogistics.com.hk

印刷｜美雅印刷製本有限公司
香港觀塘榮業街 6 號海濱工業大廈 4 字樓 A 室

版次｜2025 年 3 月第 1 版第 1 次印刷

規格｜210mm x 153mm
ISBN｜978-988-8912-69-8

閻連科，1958 年出生於河南省嵩縣，現為中國人民大學文學院教授、香港科技大學中國文化講座教授。曾先後獲第一、第二屆魯迅文學獎，第十二屆馬來西亞世界華文文學大獎，2012—2016 年三次入圍英國國際布克獎短名單和長名單，2014 年獲捷克卡夫卡文學獎，2016 年獲香港紅樓夢文學獎，2020 年獲世界反飢餓組織圖書獎，2021 年獲美國紐曼文學獎和英國皇家文學協會終身成就獎，2022 年獲韓國國際和平文學獎，2024 年獲中國台灣全球華文星雲文學貢獻獎。

「閻連科文學理論系列」包括：《發現小說》、《19 世紀寫作十二講》、《20 世紀寫作十二講》、《小說的信仰》及《聊齋的帷幔》。

◎目錄

第一章　有邊界的經驗和無邊界的真實

真實是小說的信仰 10

從一句話說起 10

古經驗真實之種 11

人的經驗對神、仙、妖、異的真實取代 19

可實施、感知經驗對小說的最終統治 27

被窄化、限制的文學經驗與真實觀 31

21 世紀的文學真實在哪裏？ 41

第二章　從真實到不真之真

真實與真實性 48

- 事實 48
- 真實 48
- 真實中的可能性 51
- 真實性 61

無法驗證的真實 68

- 真實的無法驗證性 68
- 意識區域 72
- 夢境 79
- 神祕的真實 86

不真之真 92

- 不真之真與文學謊言說 92
- 不真之真與《搜神記》 93
- 現代中的不真之真（1） 103
- 現代中的不真之真（2） 112
- 當代文學中的不真之真 127

第三章　超真之真與反真實

超真之真 132
現代小說中的超真之真 141
反真實 147
反真實與真實之經驗 167

第四章　形式與形式的真實性

形式的真實性 174
形式的時空與真實性 180
形式中的時空錯置與真實性 193
元小說形式的真實性 201
多元形式和通向真實的路 212
尾聲 222

附錄　閻連科著作出版年表 224

第一章

有邊界的經驗和無邊界的真實

有邊界的經驗
和無邊界的真實

第一章
有邊界的經驗和無邊界的真實

真實是小說的信仰

真實是小說的信仰，一如基督只有腳釘流血、背負十字才為基督樣。

從一句話說起

「我坐在碼頭上，太陽像一張薄薄的紙墊在屁股下」[1]——這句話不是事實是真實；不僅是真實，而且隱含着敬拜和信仰。緣此給我們帶來的兩個問題是：

1. 每一位讀者都明白這句話是違背經驗邏輯的，都明曉太陽不會被人坐在屁股下，而是永遠覆蓋在人的頭上或身上，可為甚麼沒有讀者去追究這個違背常識的邏輯呢？

2. 太陽在人類的文化象徵和隱喻——在整個世界範

1　王堯：《民謠》，譯林出版社，2021 年 3 月，第 3 頁。

圍內，太陽都是文化至高的神聖與隱喻，如但丁在《神曲》中，把太陽喻為上帝樣。而也恰恰因為是這樣，這句話呼應了人們內心伏埋的敬拜與反敬拜的共鳴，獲得了超越日常經驗的反經驗的真實性，緣此那種反經驗的文學之真實，便如同人在碼頭上，能看到碼頭一樣日常、真切和實在。

古經驗真實之種

關於文學的真實，從人類有了故事始，文學的真實就成為故事的靈魂存在着。故事擁有真實的靈魂為故事；沒有真實靈魂的故事，為故事的一塊死化石。

人類漫長的發展史，是生命——尤其是人之生命，才是這發展史的靈魂物。從這個角度說開去，文學的起始和發展，同樣也是一部人的生命形式在故事中的存在、變化史。文學中沒有生命形式的真實在，文學的真實便轟然坍塌如雲造的空中樓閣般。文學的真實不在了，再談文學便若雲不能造樓就用空氣和光造樓樣。人類是一代一代生命延續下來的，而文學是一代一代人的文學化的生命真實延續下來的。在面對世界和生命時，文學要表現的是人的生命形式的真實性和變化性，而不僅是軀體本身的血肉和骨架。生命形式在漫漫的時間長河中，不斷地更迭與變化，造就了文學真實的流動性與變化性。於是，文學之真實，隨着人的生命形式的流動而流動、變化而變化。一切固守一種文學真實的真實觀和文學觀，將都是封閉、專制和野蠻的，都是值得懷疑和叩問的。

人類沒有一成不變的生命與形式。

文學沒有一成不變的真實和真實觀。

文學說到底，是經驗之產物 —— 這裏說的經驗，正是生命形式的變化和過程。然而這個變化和過程，在寫作中不是疊加豐富的，而是逐漸被窄化、縮減的。寫作中生命形式豐富多變的完整性，已經讓位於單一的生活實踐性。人生經驗過程的真實性，成了文學作品真實的唯一尺度和標準。進而寫作之表達，也從生命對象豐富的流變中，直接、簡單地轉化成了唯一的人和人的生活經驗了。換句話兒說，文學的資源，不再是諸多生命形式豐富多彩的流變、震盪和更替，而是僅僅停留在人的可實踐的生活經驗上。如此每每翻開當下成千上萬的文學出版物，幾乎所有的作品，都近乎以相同的人生經驗，和幾乎相同的故事方式，去給予小說資源的供給和展開。作家幾乎就是純粹生活經驗的搬運工，其變化不過是包裝箱的大小、形狀之不同。打開這些包裝箱，除了一疊一疊人生經驗的更迭和堆砌，幾乎連花樣翻新的一點可以想像、但卻不能實踐的生命經驗都難看到。文學所慣常表達的，是作家的經驗之鏡子，寫作剛好可以映照作家個體和他與社會聯繫的某一部分的經驗與可能。如此文學不僅成了那一部分生活經驗的對應物，而且文學的生命與真實，也被這部分可實踐的生活經驗所決定。

至少幾十年的中國文學大體為這樣。

至少當下中國文學中相當一部分、甚或絕多的寫作是這樣。

在這兒，不是說文學之所以會這樣，是因為觀念、意志讓它不得不這樣。而是說，文學發展的內在力量，在驅動文學不得不這樣。是這種內在的力量，在驅動世俗、日常的生活經驗，逐步替代着豐富、寬廣的生命經驗；單純的經驗實踐性，在替代着文學想像的真實性。如此我們不得不疑惑和醒思，文學為甚麼要如此傾盡所有地討好可實踐的生活經驗呢？可兌現、實踐的人生經驗，是如何完成了對文學的絕對統治呢？而在人類的生命經驗中，人類最普遍、恆久的可實踐經驗又是甚麼呢？它對文學的真實有甚麼影響和決定性？

最普遍、恆久的生命經驗是吃、穿和慾望。

從這個角度去考看，公元前 750 年前後荷馬行吟《伊利亞特》的一開篇，吃就首當其衝地出現在讀者面前了：「歌唱吧，女神！歌唱裴琉斯之子阿基琉斯的憤怒——／他的暴怒招致了這場兇險的災禍，給阿開亞人帶來了／受之不盡的苦難，將許多豪傑強健的魂魄／打入了哀地斯，而把他們的軀體，作為美食，扔給了狗和兀鳥⋯⋯」[2] 原來《荷馬史詩》這部人類最早的傑作，雖然幾乎吟唱的多是神和非人的英雄們，而荷馬竟也不敢忘記，人的最基本的生活經驗——

2 〔古希臘〕荷馬：《伊利亞特》，陳中梅譯，北京燕山出版社，1999 年 6 月，第 1 頁。

吃和穿在神和非人英雄那兒的必須和存在。在宙斯謀劃的特洛伊戰爭中，他差遣「夢幻」去通知神阿特柔斯的兒子——非人的英雄阿伽門農，去攻打特洛伊城池時，「阿伽門農從睡境中蘇醒，神的聲音／迴響在他的耳邊。他直身坐起，套上／鬆軟、簇新的衫衣，裹上碩大的披篷／繫緊舒適的條鞋，在閃亮的腳面／挎上柄嵌銀釘的銅劍，拿起／永不敗壞的王杖，祖傳的寶杖。」[3] 原來吃穿在神和非人的英雄中，是那麼的微不足道，近可忽略，然而詩人卻從未忘記過對它及時地書寫和交待。只不過神們的飲食是瓊漿玉液，而人的飲食是粗茶淡飯而已；只不過非人的英雄穿的是「碩大的披篷」，而普通人的穿是「草衣遮身」罷了。

來到人類更早的《聖經》中的《創世記》，神創造了天地，但在沒有造人時，吃——食物便先自被神創造了。神說：「看哪，我將遍地上一切結種子的菜蔬，和一切樹上所結有核的果子全賜給你們作食物。至於地上的走獸和空中的飛鳥，並各樣爬在地上有生命的物，我將青草賜給牠們

3　同前，第 24 頁。

作食物。」（創世記 1：29）[4] 而當人在伊甸園中出現了，「神使各樣的樹從地裏長出來，可以悅人眼目，其上的果子好作食物」（創世記 2：9）[5] 後，人「便拿無花果樹的葉子，為自己編作裙子」（創世記 3：7）[6] 了。原來，人類最早的人生經驗——最原始的吃穿，無論任何故事憑藉任何語言的敘述，這種生活經驗便都最先在敘事中得到呈現和描述，哪怕是人從來沒有見過的神和非人的英雄們，他們只要藉助語言敘事在故事中出現在人面前，人的吃與穿的生活經驗，便率先被作者敘述和呈現。原來，奧維德在《變形記》中，重述人類開天闢地的第一個時代「黃金時代」一出現，「大地毋需強迫，毋需用鋤犁去耕耘，便自動地生長出各種需要的物品。人們不必強求就可以得到食物，感覺滿足；他們採集楊梅樹上的果子，山邊的草莓、山茱萸，刺荊上密密層層懸掛着的漿果和朱庇特大樹上落下的橡子…… 土地不需要耕種就

4　中國基督教協會編：《新舊約全書》，1994 年，第 1 頁。

5　同前，第 2 頁。

6　同前，第 3 頁。

生出了豐饒的五穀，田畝也不必輪休，就長出一片白茫茫、沉甸甸的麥穗。」[7] 於是，關於人和人類吃的問題，便在人一剛出現的同一時間得到解決了。

但丁在昏暗的森林中醒來時，首先遇到了代表淫慾的豹，接着相遇了代表豪傲的獅子，繼而很快又遇到貪婪的母狼。淫慾、豪傲和貪婪，本就是人類最原始、普遍的三種行為與情感，詩人已經直擊了人類的精神與內心，然如此，偉大的但丁，也沒有忽略對人的最普遍的經驗慾望之書寫。於是寫貪婪的母狼時，她一出場，但丁就寫到：「她竟無法滿足自己貪得無厭的食慾／吃了之後，她比先前更為飢餓／她與許多野獸交配過／而且還要與更多的野獸交配／直到那將使她痛苦而死的『靈犬』來臨。」[8] 從《荷馬史詩》到《聖經》，自奧維德的《變形記》到《神曲》，這些作品無論是產生於古希臘還是古羅馬，公元前或者公元後，從空間說來，是從天空寫到了地下；自對象說來，是從神寫到人及非人的英雄

7 〔古羅馬〕奧維德：《變形記・詩藝》，楊周翰譯，上海人民出版社，2016 年 4 月，第 24 頁。

8 〔意〕但丁：《神曲》，人民文學出版社，1954 年，王維克譯，第 5 頁。

和動物——概而言之，這些作品的主要「人物」，大多都還不是「人」，但作者卻沒有敢——或說沒有忘記書寫這些非人的「人物」們，都有和人一模一樣的吃、穿和慾望。即便是產生於公元前近 4000 年的《吉爾伽美什》史詩，作品中的吉爾伽美什「三分之二是神，（三分之一是人）」，以及敘事中所有的非人的妖獸們，也沒有哪個沒有生命經驗的「吃、穿和慾望」，在其身上和行為中。為甚麼人的最原始的「吃、穿和慾望」，這類最基本的人的生命需求和生活經驗，人類最早、最偉大的詩人和作家們，都要在作品中進行必須的描述和交待？難道不描述、交待不行嗎？更何況這些作品中的對象，他們本來就不是「人」，完全可以不有人生之經驗，可以不食人間之煙火。而那些祖先的偉人們——人類最早的智者、詩人和作家們，他們之所以可以不這樣，卻又一定要這樣，那就是緣於他們深明文學有不能逾越的局限：哪怕作品中的「人物」是多麼偉大的神，而作者自己終歸還是人。他只擁有人的生命與經驗，而不擁有真正的神和仙妖的生命與經驗。其次，這些偉大的詩人們，即便傑出如荷馬或但丁，也從來不敢忘記，聽他們吟唱的聽眾和讀者，一概都是人——讀者只擁有人的生命經驗，而沒有神和非人的經歷和經驗。如此，人的生命形式和生活經驗，就給作家、詩人法定了每部作品的書寫，必須遵守的寫作憲法是——只有人可經歷、感知的生命形式的經驗，才是人類培植寫作的唯一的真實和根土——這就是今天人的可實踐的經驗、乃至是純粹的日常世俗，取代寫作中人的豐富生命經驗最早的源頭和伏筆。

今天，文學中可感知、實施的人生經驗對文學的統治，大約都緣於這些根土和種子。

人的經驗對神、仙、妖、異的真實取代

人類的生命經驗，是所有寫作存在的理由——哪怕寫作到今天，當抽象的詞語也來自人的生命經驗時，這種生命經驗大約是分為兩個部分的：一是可落地實施的人生經驗；二是不可落地實施的生命與想像的經驗。前者如吃、穿、慾望和各種可轉化為體驗的情感。後者如宙斯預謀的讓「夢幻」

去通知阿伽門農可攻打特洛伊城池和但丁在暗黑森林中相遇的豹子、獅子和母狼，以及隨後同詩人浮吉爾行走地獄、煉獄、天堂的所見與經歷。凡此種種，前者是幾乎所有人都擁有的生活經驗；而後者，是只有一部分人才可擁有的生命想像之經驗。基於文學創作最基本的屬性，它不僅是寫給那些有此類人生經驗的人，更是寫給那些沒有此類經驗的聽眾、觀眾和讀者。因此荷馬如果不是為了讓自己的吟唱，被更多的聽眾所接受，他決然不會在古希臘的大地上，披星戴月地行走與吟誦。《聖經》如果不是為了讓更多、更多的人虔信和接受，一代代的傳教士，便失去了存在的意義和必要。無論如何說，接受和更接受，是所有寫作最基本的訴求。正是緣於此，那些不可落地實施的生命與想像的經驗，必然要直接或間接地，通過可落地實施經驗的橋樑，方才可能走入更多、更普遍的讀者和人羣。於是，吃、穿和人的最普遍的慾望，就是你寫神仙和妖異，也要通過這些橋樑來向聽眾、讀者擺渡你的真實之存在。緣於此，原來那些證明神仙妖異等非人類之真實的人的最日常的生活經驗，便最終在人類的寫作中，直接替代了神、仙、妖、異及半神半人們，在作品中的主導和地位，而成為之後文學創作資源的正宗和主流。這樣人的生命與生活，終於成為文學書寫最重要、乃至唯一的書寫表達後，這種人可感知、實施的經驗，便逐漸並至最終，成為了無可替代的文學起生和想像的唯一之根土，捨此已不再有第二的可能與選擇。

我沒有能力梳理、說清人的可落地實施的生活經驗，是從哪天、哪一部作品完成了寫作中對神仙妖異和非人的更迭與替換。然無論如何說，歐洲文藝復興時期的但丁、莎士比亞、薄伽丘以及傑弗雷·喬叟和拉伯雷的《巨人傳》等，無不在這種寫作對象和寫作資源上，做出了巨大的推動與交接。以至於拉伯雷的《巨人傳》，今天似乎可以用滑稽突梯、逗笑取樂，甚至粗野鄙俗等略含不敬的用語來說道，但僅就這部偉大作品的第一卷和第二卷，據說在 1532 年和 1533 年問世時，在法國兩個月的銷量就超過《聖經》九年的銷量言，我們可以感受這部作品在市民中的歡迎度，是可以用「極歡」一詞形容的。《巨人傳》何以如此的喧囂、熱鬧與盛況？

當然可以用文藝復興的思想去理解和釋讀，諸如對神權的批判和人文主義精神等，但小說中的情節、場景、細節、語言的誇張與人的日常經驗的世俗化——寫作中可落地實施的生活經驗對不可實施經驗的取代，怕才是這部巨著成功的更實在、可靠的緣由吧。

回到小說的真實和人的可落地實施的經驗上來，我們當然不能把中國文學和歐洲文藝復興扯到一塊談。然單純地討論純粹人類的生活經驗，一步步地佔有、取代神或非人書寫的過程時，中國古典文學《搜神記》、《封神榜》、《西遊記》、《聊齋志異》等寫作，則為我們更清晰地勾勒出了這一替換、更迭的過渡和跡腳。尤其在這類古典「仙神妖異」的作品中，《聊齋志異》則更為清晰、突出地完成了人的日常經驗——尤其那種可落地實施驗證的人的世俗經驗，在具先開河者蒲松齡的寫作中，可謂多角度、多層次地進行了對表達對象與書寫資源的推進和替換，從而完成了文學對神與仙妖的人物化和世俗化。就人的日常經驗對神、仙、妖、異的文學想像的寫作替代言，《聊齋志異》可謂是完成度最高、最普遍的偉大經典，其中各種故事對象——在天堂、天空中這一生命想像空間生活的神與仙，如《翩翩》、《仙人島》、《賈奉雉》；在海洋空間中生活的仙、妖如《夜叉國》和《粉蝶》等；以至更多在陰間和地府中生活的鬼魂、怪異如《章阿端》、《考弊司》、《于去惡》、《席方平》、《祝翁》、《錦瑟》等；包括那些由動物、植物、雀鳥、蟲蛇等仙化為人的故事，如《阿英》、《葛巾》、《竹青》、《白秋練》等；凡此種種，千姿百態，無奇不有的「非人」故事，都有一個共同的行為與想像之規跡，即：他們無論是神仙妖異或孤魂野鬼，凡非人的描寫對象，其共同的生活目標——理想，就是要過「人的生活」。他們一概都渴望擁有人的七情六慾之需求。所以我們在幾乎所有的《聊齋志異》的經典短章中，如《畫壁》、《嬌娜》、《葉生》、《青鳳》、《畫皮》、《嬰寧》、《聶小倩》、《蓮香》、《林四娘》、《黃九郎》、《連瑣》、《白于玉》、《商三官》、《雊鵒》、《阿霞》、《翩翩》、《公孫九娘》、《促織》、《辛十四娘》、《鴉頭》、《荷花三娘子》、《章阿端》、《雲翠仙》、《考弊司》、《胡四娘》、《瑞雲》、《宦娘》、

《小翠》、《司文郎》、《于去惡》、《王司馬》、《王子安》、《三生》、《席方平》、《阿纖》等等等等，各方各面、各個層階和想像空間中的代表作的寫作趨向——所有非人的仙、妖、鬼、異和魂靈，全都嚮往人的、可實施兌現的日常生活。經歷人的日常而世俗的生活經驗，成為了神、仙、妖、異和魂靈的理想之在。無論他們在異域空間經歷多少魔難與修行，三百年或者五百年，甚或上千年，皆是為了擁有幾年、幾個月甚或幾天、一夜的人之歡樂、温暖與最日常世俗的生活經驗——將人的最世俗的生活經驗，提高到一種神聖的生命地位，在中國古典文學中，再也無有可與《聊齋志異》並行比擬的寫作了。

倘說作家之偉大，這才是蒲松齡的最偉大。

《聊齋志異》與《荷馬史詩》、《神曲》等偉大傑作的最大不同，就是前者中的神、仙、妖、異等，皆都對人的世俗生活嚮往和求獲；而後者，則是兩個空間的不一樣的生活和交叉。人的男婚女愛、牀笫歡樂、錦緞穿着、魚肉席宴，在《聊齋志異》近五百篇的寫作中，以人之生命的世俗經驗，為妖異狐變之生命理想的作品，《鴉頭》應是最為突出的短章經典。在《鴉頭》這部作品中，狐狸一家母女三人，千年修行，終於幻變為人，而最終成人後的母親，要做妓院的老鴇，並唆使兩個成為世間尤物的女兒，在自家的客棧中接客經營，使得她們既擁有無盡的男歡女樂，又有取之不竭的銀兩用於吃喝、穿戴和宿住。「狐狸到人間」，是《聊齋》最基本的故事構架和展開，享受人的生活、擁有人的生命經驗，是大量狐狸到人間成為美女、俊男的基本訴求和最高之夙願。所以，在「狐狸到人間」的一百來篇的短篇中，我們看到了在《鴉頭》這部最具代表性的作品裏，一方面，蒲松齡以最柔軟、豐富的情感，如《三言二拍》中的《賣油郎獨佔花魁》及《杜十娘怒沉百寶箱》樣，寫盡了狐狸女鴉頭作為「妓女」對人世愛情的渴望和忠貞；另外一方面，也淋漓盡致地寫出了作為狐狸母親的鴉鴇和大女兒妮子在妓院對人世最庸常的金銀首飾和人生歡樂的渴望與求得。雖然蒲松齡在書寫這些時，深懷對現實、現世的慾望之批判，但卻從另一層面與角度，提供了非人的神、仙、妖、異等，對人間世俗生活的渴求與願望。所以，在《聊齋志異》中，那一大批如《鴉頭》類的寫作，恰也從這一角度，揭示了人的可實施的生活經驗，對可想像但卻無法落地實施的幻想的替換。

就《聊齋志異》言，蒲松齡天才地道明瞭寫作的律法：文學的一切，最終只能是人的一切。人類的所有經驗，也最終要成為文學的一切寫作的資源。而人的一切的真實，也最終要成為衡量文學真實的一切。這些文學最內在的律路，在若《鴉頭》這類百餘篇的「狐狸到人間」的小說中，體現得要徑有徑，要緯有緯。即便「狐狸到人間」這一過程，是完全不可能的生命想像，如宙斯派「夢幻」去通知阿伽門農攻打特洛伊的城池樣。而文學走過了漫漫三千年的路程後，我們經過了「地獄」、「煉獄」和非人世的天堂與宮闕，當神、仙、妖、異與狐狸、花草等動物、植物們，再次通過故事的幻變來到人間時，人的可兌現的人生經驗，終於成為了「非人們」的最高理想與願念，成為文學生命經驗最真實的佐證與替代。從這個層面說，把《聊齋志異》這部偉大的中國古典文學，放入更廣泛的範圍去比較，我們可以看到人的可實施經驗在世界文學創作中的登基和上位，是現實主義到來的一種必然之必然。

無意說《聊齋志異》是一部可與歐洲文藝復興時期的偉大作品一樣擁有人文主義精神的傑作，但就人的可實施的生命和生活經驗說，它在寫作中對神、仙、妖、異等非人的人類想像的經驗更迭與替換，雖比《十日談》、《坎特伯雷故事》和《巨人傳》的問世晚着幾百年，但在人類文學書寫對象和經驗的演進、替換過程中，卻可以讓中國讀者，更清晰地感受到，人的經歷與經驗，是文學自古向今的必然來路和去處；是文學真實唯一的、最直接有效的佐證和魂靈。

可實施、感知經驗對小說的最終統治

到今天，人的可親歷、感知的經驗，終於徹底佔有了人類文學幾乎所有的書寫與篇章。不可經歷的生命想像，從文學中的退場，了卻得如一場大戲的閉幕樣。自公元前三、四千年的《吉爾伽美什》史詩來到中世紀，來到文藝復興後 18、19、20 世紀文學的成熟期和高峯期，前者經過數千年，而後者只有短短將近三百年。景況大約是這樣。無論人類為早先的寫作付出了多麼漫長的準備、積累和等待，而最終在文藝復興後，人的經歷與經驗，還是迅速、徹底地將神、仙、妖、異從文學中「趕盡殺絕」了。

尤其當文學來到最為鼎盛的 19 世紀後，我們幾乎從那些偉大的作品中，看不到神、仙、妖、異在這些作品中有價值的生命和存在。對此與其說是人在文學中最根本的取代和勝利，倒不如說是人的可親歷、實施、感知的經驗，在文學中對可以想像、但無法實施的經驗的取代和勝利。

一場偉大的文學轉折，原來是一場寫作資源和人的生命經驗的取代和更替；是一種文學真實對另一種文學真實的懷疑和取代。在荷馬吟唱的年代裏，一定沒有人否定神對特洛伊城池的佔有、分配和安排。城牆這邊的人與城牆那邊的神，分佈在同一天下的兩個世界裏，神是人的神，人是神的人，這千真萬確的文學之真實，是不需要去懷疑問詢的。然而到了《魯濱遜漂流記》、《傲慢與偏見》、《呼嘯山莊》、

《簡・愛》及至《少年維特的煩惱》等，之後所有 19 世紀被定論為偉大傑作的作品中，有人所不能經歷、感受的經驗或想像，出現在現實主義寫作中是不可思議的，也是不能容忍的，更不要說在 19 世紀的時段會成為經典了。

緣於閱讀之限制，至少在中國對 19 世紀的經典翻譯中，在那些偉大的現實主義寫作內，再難檢索出 —— 人，無法實施、檢驗的生命與生活經驗了。面對統治了 19 世紀的現實主義言，有一種強烈的發生 —— 最使 20 世紀文學值得記憶和回味的，是在 19 世紀寫作中，幾乎所有偉大的作家在他所處的國家、環境和語言內，都有過驚天動地、翻江倒海的被簇擁、恭敬、崇拜和爭論。回想《少年維特的煩惱》問世時，在整個歐洲所引起的轟動和效應，以至於會有人生彷徨的青年，自殺也要模仿小說中的情節而開槍；想像《親和力》在出版上市時，半夜起來排在書店門前的讀者們，如飢餓的人們在麪包店門前排隊購買麪包樣；狄更斯的小說在報上連載時，那些英國鄉村的年輕人，蹲點在村頭等待郵車的到來，而當看見叮噹作響的郵車出現時，年輕人衝上郵車，僅僅是為了儘早讀到狄更斯小說連載的下一段；屠格涅夫的《父與子》，因為小說中的人物到底是左派還是右派的論戰，曾經導致聖彼得堡這座城市的遊行和打、砸、燒，論戰長達三年都無從休止過；而斯托夫人的《黑奴籲天錄》，則直接刺激並導致美國國內的一場戰爭，呼喚、動員了廢奴主義的興起，影響着整個美國歷史的轉折和走向……凡此類事例，就傳統經典言，在20世紀幾近罕見與絕跡，由此我們可以更客觀地理解在19世紀的現實主義寫作中，作家對人和人所處時代困境的關注有多麼深刻和廣泛。一個偉大的現實主義作家，在那一時期裏，不關注人的存在和最尖銳、普遍的社會矛盾，他怎麼會配「靈魂工程師」這崇高之美譽。於是，人的人生經驗和社會經歷，便成了文學幾乎唯一的寫作資源和意義。

一句話，19世紀的寫作，人可經歷、感知的經驗，完全取代並統治了那些在文學中只可想像但不能經歷的文學經驗。這種可經歷、檢驗的經驗真實，成了文學真實的唯一存在和標準。而捨此，在19世紀的寫作中，其餘的文學經驗與真實，都是大道與小路、主潮與浪花、正宗與旁枝的關係了。

被窄化、限制的文學經驗與真實觀

人對現狀之不滿足，是包括文學在內的人類向前運轉的唯一輪軸和力量。作家對他所處時代之文學的耿耿於懷、千詰百問地懷疑和審視，是文學向前——成了今天這樣兒，而非昨天、前天或更早、更古老時光中的樣貌與固守。終於的，偉大的 19 世紀文學，在它的鼎盛高峯中，迎來了天才們的懷疑和詰問。為甚麼寫作一定要這樣而不能那樣呢？為甚麼我要在你的豐碑下每天叩首寫作呢？人類的生命經驗——可實施的經驗和不可實施、但可感知想像的經驗——是如此的龐雜豐富、千姿百態而又無奇不有，為甚麼我們的文學真實，卻只能有那些可發生、感知的經驗來驗證和約束？人的個體經驗，一定要受制於龐大的社會經驗嗎？人，為甚麼一定要是歷史中的人，而歷史又怎麼不能成為個體人的經驗存在呢？在文學面前，到底是歷史大於人，還是人要高於、大於歷史呢？是誰制定了可落地實施和感受的生活經驗，才是驗證文學真實的唯一標準呢？難道宙斯派「夢幻」去通知阿伽門農攻打特洛伊城，不也是我們人類的生命經驗嗎？難道但丁給我們展示的地獄、煉獄和天堂，因為我們不可經歷與驗證，就應該在我們的寫作中消失殆盡嗎？《荷馬史詩》、《變形記》、《神曲》和《山海經》、《搜神記》、《聊齋志異》等，它們給我們描述、展示的故事和時空，真的在今天只屬於浪漫和想像，而沒有文學的生命真實嗎？為甚麼在今天傳統經典的寫作中，這樣的想像幾乎蕩然無存了？偉大的現實主義，是不是把文學中的生命經驗，完全等同於歷史存在與人的生命和生活過程了？

19 世紀偉大的文學 —— 那種完全把人與社會的經驗導入文學正宗皇位的寫作，使得人類的文學，終於到達了鼎盛和高峯，卻也終於讓文學似乎再無前行和攀越之可能。於是 20 世紀的天才們，開始了另闢蹊徑之創造。要知道，真正偉大的作家，都是一些不安分的天才。因為不安分，才要擺脫原有的固守重新去開拓。今天在中國，對 20 世紀文學最普遍的理解是，各種形式的創新和主義。甚至更根本、也更武斷的分析是，19 世紀是「寫甚麼」，20 世紀是「怎麼寫」。於是，數千年豐富的文學，到今天就只有一個問題了 —— 寫甚麼和怎麼寫的較量和辯證。如此文學便被挽上死結了，20 世紀的文學，似乎除了各種主義的形式外，再無別的建樹和創造。

在這兒，沿着經驗與文學真實的路徑走下去，重新回到 19 和 20 世紀文學中。如果說 18 至 19 世紀的偉大寫作，終於把人的可親歷感知的生命與生活之經驗，扶正上位至文學中的方方面面 —— 尤其那種人可感知、經歷的人生經驗和社會經驗，在故事中鋪天蓋地、面面俱到，使讀者通過這樣的描述，重新認識了人類生活和世界的話，那麼毫無疑問，20 世紀的文學，則是在 19 世紀的基礎上，讓讀者重新認識了人 —— 你自己 —— 在世界上的存在經驗和生命過程。換句話說，19 世紀文學讓你深刻地認識你所處的世界和人生；20 世紀文學讓你更深切地體會個體的你在世界上的存在和生命。19 世紀的文學是寫給廣大讀者的，它以深刻地獲得更廣泛的讀者為己任；而 20 世紀文學則以擺脫「大眾」讀者為出路，以寫給那些讀者中的讀者為己任。用「精英寫作與精英閱讀」來形容這種寫作固然不準確，但在 20 世紀初，那些雨後彩虹般絢麗而耀眼作家和作品，如喬伊斯、卡夫卡、普魯斯特、伍爾夫和福克納，在 20 世紀前三十年的寫作與成功，客觀上是因對 19 世紀與現實主義寫作的反動而成功，是對一些固有讀者的擺脫和重新俘獲而成功。這很像在詩歌的國度裏，一個詩人寫出了絕多讀者可以接受、理解的詩歌而大獲成功後，另一個詩人寫出了前詩人的讀者無法理解、接受、卻更為深奧的詩歌而獲得同樣的成功樣。前者的詩作意義是讀者直接從詩中讀出和感受的；而後者，詩作的意義是通過詩評家分析傳遞給讀者接受的。景況正如此，19 世紀文學的偉大，是讀者直接從小說中閱讀、感受得來的，批評家只是讀者中的一部分，他們並不比一般讀者更早地閱讀、理解和接受，只不過在許多時候裏，讀者在籠統感受一部偉大作品之好時，而批評家將其說出了一、二、三，如陀思妥耶夫斯基的作品、讀者與巴赫金的關係樣；如中國作家張愛玲與讀者和夏志清的關係樣。但這種情況到 20 世紀初，那些偉大作家與作品的出現完全不同了。普通的讀者並非真正意義上的「第一讀者」。真正的第一讀者是文學批評家。尤其在 20 世紀文學興起時，批評家是讀者中的讀者，他們和那些充當了批評家的作家們，率先對作品閱讀分析後，達成共識而把作品解說、傳遞給讀者去。如卡夫卡的《城堡》、《審判》和《變形記》；如《尤利西斯》、《追憶似水年華》及伍爾夫和福克納，無不是通過批評家的分析、評判後，才被讀者「啊——原來是這樣！」——恍然大悟地接受着。從某種情況看，20 世紀的許多寫作與接受，與 19 世紀的寫作、接受相比較，其最鮮明的差異是，在 19 世紀幾乎所有的偉大寫作中，讀者與批評家，同為第一讀者羣，他們是同一時間閱讀、接受或同一時間反對和爭論作品的人。然而到了 20 世紀後，作家的寫作把同為第一讀者羣的人們分開了。那些文學批評家和充當了批評家的作家們，成了一些作品的第一讀者羣，「普通讀者」成了第二讀者羣。後者的接受要通過前者的閱讀、過濾、評判來被動地接受和閱讀。而這些構成少數第一閱讀的精英讀者們，視更大、更廣泛的讀者為「普通讀者」和第二讀者羣，他們需要第一讀者的分析、評判才可以、可能接受和閱讀一些作家和作品。於是在他們的分析評判中，「精英作家」出現了，各種學問與主義也隨之而產生。如此 20 世紀文學成為了「主義與形式」的載體和被釋者。從這個接受過程看，在相當程度上，可說 19 世紀文學的偉大經典是作家和讀者合作完成的。20 世紀的偉大經典，是作家和批評家合作完成的。在這一差異裏，沒有 19 與 20 世紀文學誰更偉大的評述和劃分，但 19 世紀文學確實是讀者高度參與的；20 世紀文學是批評家高度參與的。19 世紀的讀者是絕對主動的；20 世紀的讀者是相對被動的。由此我們今天才被引導去認識、理解 20 世紀的喬伊斯、卡夫卡、普魯斯特、伍爾夫、福克納、舒爾茨、穆齊爾以及晚後的貝克特、尤涅斯庫和羅伯-格里耶、克洛德・西蒙等；被分析、誘導地去認識後來的納博科夫和卡爾維諾的部分作品及博爾赫斯之寫作。在這些作家和作品中，讀者被區分為第一讀者羣和第二讀者羣，或說精英讀者和與之相對的普通讀者們。這些作家與作品的經典過程，是由作家與批評家合作完成的，而非 19 世紀的經典是由作家與讀者合作完成的。但在這個世紀間，也有許多偉大的經典，並不單純是由作家與批評家合作而完成，如海明威的寫作與之後美國文學黃金時期的作家羣和代表作；如 20 世紀下半葉席捲全球的——他們彼此差異很大、卻被批評家們一籃子歸為「魔幻現實主義」那一大批傑出的作家和作品，還有同樣被籠通歸為「反烏托邦」寫作的作家們，他們被經典化的過程，既非單純是作家與讀者之合作，也非單純的為作家與批評家的相遇而完成。這樣的經典，是作家、讀者、批評家三者共同作用的結果。在這個作用過程中，擺脫作家所提供的文本之本身，區分期間到底是讀者的作用大於批評家，還是批評家的意義大於讀者，再或區分誰先作用了誰是沒有意義的。然就這些作家和作品言，至少讀者又在第一時間參與其中了。這說明 20 世紀的文學從整體言，想徹底反動、擺脫 19 世紀寫作的不可能。說明 19 世紀所推崇的文學中人的可經歷、感知的生命經驗，沒有任何一個時期、任何一種獨一無二的文學，可以擺脫和逃離。

——說到底，人的生命經驗才是一切文學創造的資源。

正是基於這一點，可以說 20 世紀文學與 19 世紀的寫作，表面是 20 世紀各種文學的主義和形式與 19 世紀現實主義的差異和不同，而從經驗的根本去探討，是 20 世紀那些偉大的作家們，在寫作中對人的生命經驗的不同認識與轉移。是作家們對小說中用以證明真實的來自於可經歷、感知的人生與社會經驗認知的不同。20 世紀的作家們，不再相信文學的真實，只能是眾人可以經歷、感知的經驗。而那些不能人人行為和感知的個體經驗，同樣也是人類的經驗，乃至是更深層的人的生命的經驗。於是那些必須有批評家率先閱讀、分析後，推薦、傳遞給讀者的作品出現了，寫作中的個體經驗被改變和深化了。因此文學中的真實，從看得見、摸得着的真，擴展到了看不見、摸不着的真，如意識、潛意識、夢和人的幻念、幻覺等，在許多時候取代了可行為實施經歷和檢驗的真。在這兒，當我們將 19 世紀文學與古典文學比較時，說 19 世紀的寫作，扶正、更替了古典文學中人與歷史的經驗在文學中的承載和地位，也自然卻除了神、仙、妖、異這一人類意識的生命經驗，在文學中的地位和統治。但同時，在這一過程中，卻也窄化了人類生命經驗的重現與想像。而當我們在讚美 20 世紀文學的獨有創造時，我們也不得不承認，20 世紀那種必須有作家、批評家和充當了批評家的寫作者參與完成的經典和創造，一方面拓展、掘深了人的不可行為經歷的生命經驗，把文學的真實，導向了更為實層的精神存在。但另外一方面，卻也同樣窄化了人在現實世界中的社會經驗和歷史經驗。

原來，就文學的資源 —— 數千年人類的生命經驗看，文學的寫作進展是一個經驗窄化的過程。在這個窄化的限制內，文學的真實，卻是被一步步地拓寬、掘深着。今天，我們相信人的可經歷、感知經驗在文學中的絕對真實性，但同時也不懷疑神、仙、妖、異在文學中的呈現，也同樣擁有相應的文學真實性。而當 19 世紀的現實主義把神、仙、妖、異的真實從文學中推到邊角取而代之時，20 世紀的文學，卻把這種被推向角邊的想像中的精神（生命）存在，轉換成了人的精神意識、潛意識、夢和幻念、幻覺等。原來，文學的真實是以人的生命經驗為圓心，圍繞着這一圓心旋轉在古典文學中的神、仙、妖、異的文學呈現，和以這一圓心為基礎的現代文學中的意識、潛意識、夢、幻念與幻覺等，構成了文學自古至今的經驗場和真實觀。無論遠古的文學多麼神奇、神祕和偉大，也無論今天的文學多麼現實和真實，多麼的意識、潛意識、夢境、幻覺等，擺在我們面前的問題是，古典文學有古典的經驗場和真實觀；現實主義有現實的經驗場和真實觀；現代主義有現代主義的經驗場和真實觀。而當文學到了 21 世紀，到了 21 世紀都已恍然去過二十多年後，可屬於 21 世紀與 19、20 世紀的不同寫作是甚麼？屬於 21 世紀文學的經驗場和真實觀又是甚麼呢？

文學中人與歷史的經驗是有邊界的，這種經驗的真實是有可感知、實施準則的。但在寫作中，文學的真實卻是沒有邊界的，是可以無限地拓寬和探求的。那麼屬於 21 世紀的文學真實除了現有的文學真實外，它在沒有邊界的文學真實的場域裏，探求新的文學真實的筆端和頭箭，應該朝着哪個方向走？

21 世紀的文學真實在哪裏？

回到中國的當下寫作中，回到文章的開篇那句話：「我坐在碼頭上，太陽像一張薄薄的紙墊在屁股下。」這句話完全違背生活邏輯的敘述，它到底喚起了讀者內心甚麼樣的真實存在呢？是甚麼樣的生命經驗，在生活中無可經歷和感知，而在我們頭腦、意識、精神中，卻又千真萬確地存在着？那就是太陽的文化喻意和精神之象徵，無論它是人類的希望，還是某種精神意識的暗喻，再或如但丁在《神曲》中的描述樣，只有上帝才是人類的太陽 —— 但當太陽成為一張「薄薄的紙墊在屁股下」時，它終是喚起了人們集體無意識的覺醒。喚起了讀者對盲從意識的反感與反動，獲得了一種新的邏輯和真實性。由此想到在中國古典名著《三國演義》中，作家對「神人」諸葛亮的塑造，自古至今再也沒有如此成功、鮮活、又靈動入木的人物了。在《三國演義》中，作者不惜筆墨地敘述、描繪了諸葛亮「借東風」和設計製造「木牛流馬」的最為神奇的情節和故事之轉折——前者在神機妙算間，起台焚香，拜佛求天，終於在幾天之後的浩渺水面上，迎來了起波捲浪的浩蕩東風，從而完成了一場水戰中的「草船借箭」和「火燒連營」，為「三國」鼎立奠定了軍事基礎；而後者的「木牛流馬」，則是為了解決軍隊的千里征伐，後勤運輸跟不上時，由諸葛亮設計製造的如永動機般不用飲食草料的「木牛木馬」，來運輸軍中糧草，從而完美地解決了戰爭中的後勤和運輸。此二情節，在小說中對於秉持現實主義的批評家是不可思議的，尤其對《三國演義》這樣的歷史小說，不僅是現實主義的，而且在一定程度上，又是「歷史紀實」的，於是作為現實主義人物的諸葛亮，這些「神跡」或說「迷信」的情節和設置，便成了批評家們詬病的筆墨和資料。但對於讀者和文學真實言，正是這樣神跡的情節和描寫，讓諸葛亮這個人物真的成了「人之神」，成了文學作品中——而非真正戰爭中的軍事家和最獨一無二的文學人物。設若在小說中沒有這些神跡、神奇、神事與神物的情節與細節，作為文學人物的諸葛亮，那將是多麼的遜色和缺少靈動耀眼的詩意和光芒。這樣的情節與細節，在生活常識的邏輯上，如把「太陽坐在屁股下」樣悖理而不可能，但在文學的真實上，卻是千真萬確的真實和稀缺。生活的邏輯是現實主義經驗的真實之必然，而在現實主義以外的寫作中，某一種的文學真實和真實性，卻又是超越這種邏輯經驗之必然。沒有這種超越經驗邏輯的文學性，也就沒有所有現實主義之外的文學真實和真實觀。而且這樣的文學真實和真實觀，它不僅是一種超越經驗真實的超現實，而且是一種建立在經驗真實上的更真實。由此去分辨微細的「把太陽坐在屁股下」和巨大的「木牛流馬」與「借東風」，前者是發生在個體「意識間」的事；後者是發生在羣體「人世間」的事。這就出現了兩個不同的「故事場」。前者的故事場與 20 世紀文學相聯繫；後者的故事場，與《荷馬史詩》、《變形記》、《神曲》及《西遊記》和《聊齋志異》故事中的「人神共域」相類似。如此間，我們從中外文學中，便可以看到文學自古至今之變化的根本來路和律條：文學的發展與變化，不僅是文學對生命經驗的認知之變化，而且還是產生、演繹這些生命經驗的經驗場域之不同——關於生命經驗的場域與發生，我們可以在另外的章篇去討論。而這兒，回到生命經驗的論述時，回到個體意識和人世間如「借東風」與「木牛流馬」的差異問題時，它闡明了 20 世紀文學的真實有它自己的故事場，19 世紀的文學真實有 19 世紀的故事場，古典文學的文學真實有古典文學不一樣的故事場。那麼文學到了 21 世紀，它的文學真實又是甚麼呢？這種真實的故事場域又在哪兒呢？

——這也正是在今天，21 世紀寫作的困境之所在。

是新世紀文學全部的絕處和盤繞。

我們不知道今天不同於 20、19、18 世紀和古典文學不同的文學真實是甚麼。不知道該到哪種場域去尋找新的文學真實和故事場。從這種困惑和困境中，去看當下中國文學之寫作，去看個體意識的「把太陽坐在屁股下」，和集體的「借東風」及「木牛流馬」等，不僅是說它們在故事中寫了甚麼和完成了甚麼，而更為重要的，是它們讓我們看到了它們和 20 世紀及古典文學有甚麼聯繫和變化，和當下文學有甚麼不同和未完成。

未完成的才是我們的最大困惑和最希望。

中國文學在古典文學中，已經完成並超越了人可經歷、感知經驗以外的神、仙、妖、異之寫作，但諸多原因，我們沒有真正完成 19 世紀寫作中人的生命經驗與歷史經驗對文學全面的覆蓋和替代；更沒有完成 —— 甚至是沒有真正開始嘗試與創造 20 世紀文學中超越人的可經歷、感知的人生與歷史經驗的意識、潛意識、夢境、幻覺等更個體、更豐富的生命經驗之寫作。在這一方面，中國當代文學幾乎沒有留下太多真正的經典來。然當下中國的人與歷史和現實的豐富、複雜和荒誕，卻又是與世界同步的，乃至是更為超前的。個體與集體，在現實社會中的龐雜、荒誕和在世界上的超前性，與文學中單純個體生命經驗的巨大滯後性，構成了當下寫作與現實的巨大落差，加之意識形態與社會意志對今日寫作想像的規範和約束，這就使得中國文學比之於現實與歷史之本身，都存有巨大的真實之間隙、空白和落差。可也許這時候，也正該是我們去探求、找尋、建立在人的生命經驗基礎上的新文學真實 —— 那種可超越感知、實施經驗的與 19、20 世紀文學不同的 21 世紀的文學真實到底是甚麼、又在何樣的空間場域裏？

說到底，我們的生命、生活經驗是可實施、感知有着邊界的；而文學的真實與真實性，是既可建立在可實施經驗的基礎和感知上，又可建立在不可實施經驗而只能依靠想像和感知的沒有邊界的基礎上。文學不僅要為經驗而存在，更要為超越這種經驗邊界的只可想像感知的真實而存在。

第二章

從真實到不真之真

從真實到不真之真

第二章
從真實到不真之真

真實與真實性

事實

中國人吃飯用筷子，西方人吃飯用刀叉，這是人類百千年的經見與事實——一種人類的事實經驗之真實。

事實一定是真實，但不一定就是文學之真實。我們當然不會否認用刀叉、筷子吃飯的事實性。但在文學中否認用刀叉、筷子吃飯的文學真實性，卻是冒犯、卻是一種風險了。

真實

人人都知道，事實是真實之發生，但真實不一定就是事實之發生。

事實對發生和體驗，有一種絕對的依賴性。一如糖和肉，確實比黃連、苦膽的口感好，一個人即便沒有嚐過黃連和苦膽，他也相信糖肉的美好是真實的。然而事情反過來，一生只吃黃連的人，你讓他相信世界上有種味道是甜的，就如你要先天的盲人相信陽光是種金顏色，他可以信，但這種信，並不建立在發生和體驗上，所以他是有權利否認陽光顏色的。這也正如當事實脫離了生活中的發生場，進入文學不一定就是真實樣。不久前有位青年作家告訴我，說上海某醫院，曝光了他們醫院病牀上躺的一個外國人，陽具四十餘天堅挺而不倒，最後經醫院的各種會診和治療，成功治好了這位先生的「不倒症」。由此那位告訴我的青年作家感歎道，文學上有「不真之真」之存在，怕也還有「真之不真」之存在。

真之不真和不真之真，談論的正是我們看到的光和盲人看到的陽光之不同。

生活的事實和文學的真實在很多時候是一回事，很多時候又非同樣一回事。文學的靈魂是真實，新聞的靈魂是事實，這是同一塊土地上相鄰着的兩戶人，他們雖在同一個村，同在一塊土地上，但他們是不同族、不同姓的兩戶人，彼此之先祖，一個是南轅，一個是北轍。有時候，作家把事實寫入文學就有了真實性，如《戰爭與和平》，太多的細節完全來自托爾斯泰對戰爭的採集和收存。然而到了《安娜・卡列尼娜》之寫作，儘管其故事來源於媒體報道的一則女性自殺案——完全是一樁生活經驗的事實之悲劇，可《安娜・卡列尼娜》所呈現的，卻與那事實幾無相關了，全都成了那個時代貴族故事的「真實」了。《古拉格羣島》是因為「事實」而偉大；《安娜・卡列尼娜》、《復活》、《罪與罰》和《卡拉馬佐夫兄弟》與契訶夫的全部之寫作，都是因為非事實的真實而偉大。而《死屋手記》、《日瓦格醫生》、《生活與命運》[9]等，則因為事實和真實並存乃至均衡而偉大。

俄羅斯文學對文學事實與真實的解析與實踐，像一個旅者的雙腳和他手裏的地圖樣——一個手捧地圖而心有方位感的人，雖有時也會去問路，但問路之目的，要麼是為了證實那地圖的過時和不準確，要麼也就是，為了讓自己從內心感歎一句「方向正確！」而會心一笑吧。

9 〔俄〕格羅斯曼：《生活與命運》，力岡譯，廣西師範大學出版社，2015 年 8 月。

真實中的可能性

文學的真實常常以事實為鄰居，有時他們如一家人中的兄弟般，讓人混淆是在所難免的。更何況許多時候作家為了真實和超越真實的真實性，而有意把故事「故弄事實」朝着「煞有其事」的方向走。魯迅的《一件小事》，是這方面最典型的寫作和據證。就是《孔乙己》、《故鄉》、《社戲》、《祝福》、《在酒樓上》等，這些讓讀者深動心魄的經典，其小說中的藝術真實感，完全超越我們所理解的真實和事實，到了「竟然這樣！」的境地裏。可在這些小說中，倘若不是魯迅藉助「我」的第一人稱朝着「絕對事實」靠攏和佐證，那麼故事會不會從「竟然這樣！」走到「怎麼可能會這樣？」在這兒，是「我」——絕對事實的出現，把故事從「怎麼可能會這樣？」拉回到了「就是這樣兒。」而這兒的「我」——在論家說的是「第一人稱」和視角，而在作家這一邊，不僅是視角和人稱，其更為重要的，是為了絕對事實般的「真」和「更真實」，所以他才藉助人稱去擁抱「經驗」之「事實」。

《故鄉》小說的開篇第一句：「我冒了嚴寒，回到了相隔二千餘里，別了二十餘年的故鄉去。」[10]《在酒樓上》上的第一句：「我從北地向南旅行，繞道訪了我的家鄉，就到S城。」[11]就是到了《祝福》中，小說的開頭首先用了百來字描述舊曆過年的風俗和爆竹，接下來魯迅就又緊跟緊地追着說：「我是正在這一夜回到我的故鄉魯鎮的」[12]⋯⋯在魯迅的許多小說這類敘述中，我們可以理解魯迅是為了第一人稱那種自然天成的敘述真實感，但就寫作的文本言，這個第一人稱把事實、真實和可能性巧妙的魚目混珠了。以中國人每讀必為之心動的《故鄉》論，小說的初始用了豐沛的筆墨寫了故事中的「事實」——「我冒了嚴寒，回到相隔二千餘里，別了二十年的故鄉去」，之後魯迅開始描寫這二十年的故鄉之變和人的變化及回來的目的是搬家——「搬家到我在謀食的異地去」。由此順理成章、自然環扣的，寫了那些想要他家舊家具的村人、鄰人和閏土。這一切都和「事實

10 魯迅：《故鄉》，收錄於《魯迅經典全集》（小說卷），湖南人民出版社，2015年9月，第61頁。

11 魯迅：《在酒樓上》，同前，第166頁。

12 魯迅：《祝福》，同前，第149頁。

的發生」一樣真實和實在，完全可以當做現實的事實去閱讀。然而在這順理成章中，「豆腐西施」出現了。豆腐西施悄悄然地把這種「生活的事實」轉移到了虛構中的可能裏。回想在《故鄉》的故事中，作為敘述者的魯迅，毫無疑問是生活中存在的真實和事實，而作為小說人物的豆腐西施，卻不是生活存在的真實與事實，而是虛構中的存在和人物。因之楊二嫂的出現和楊二嫂從「西施」變成了「兩手搭在髀間，沒有繫裙，張着雙腳，正像一個畫圖儀器裏細腳伶仃的圓規」[13]——不僅從事實走向了虛構，而且從「是這樣」走向了「可能這樣兒」。繼而故事發展至楊二嫂想要魯迅家的各種木器時，魯迅說「我並沒有闊哩。我須賣了這些，再去……」[14]後，不等魯迅說完，楊二嫂就搶了話題道：「阿呀呀，你放了道台了，還說不闊？現在有三房姨太太；出門便是八抬的大轎，還說不闊？嚇，甚麼都瞞不過我。」[15]——

13 同10，《故鄉》，同前，第66頁。

14 同前。

15 同前。

這段話的意義，不僅如生栩栩的寫出了二十年後「西施」成了在生活中愛貪便宜、信口開河、指東道西的變化來，更在於說，魯迅放了道台、有三房姨太太、出門便是八抬大轎 —— 打破了魯迅作為事實的敘述者，在故事中所呈現的生活的事實和真實，從而由此進入了故事的虛構，讓寫作中的「事實」，朝着非事實的真實滑去了。

一個在生活中並沒有三房姨太太和出門都有八抬大轎的真實的魯迅，被那個敘述故事的魯迅和虛構的文學人物「豆腐西施」—— 楊二嫂並置在同一故事中，同一場景內，由此我們在作家魯迅的筆下，看到了「三個」魯迅的存在：小說背後的作家魯迅、小說中敘述者的魯迅和故事中作為小說人物的魯迅 —— 是這三個魯迅，讓我們看到了生活的事實和文學虛構的混淆與統一。魯迅是否當真二十年有沒有回過故鄉並不重要，但這像「事實」一樣被寫將出來了。魯迅是否當真有沒有三房姨太太，和出門都坐八抬大轎也一樣不重要，但虛構的楊二嫂，卻因此變得具體、真實、可觸可感了。及至後來閏土和閏土兒子的到來，魯迅所有的筆墨都在虛構中朝着「事實的真實」攏靠和貼近，蓄意逃離着「虛構」和虛構中的可能性。倘若在《故鄉》中沒有豆腐西施楊二嫂，將這篇小說當做非虛構性的散文讀，大約人人都不會有甚麼異議和懷疑心，除了那些以生活事實為真理的專門考據魯迅生平的論家和傳記作家們。

在中國作家中，自古至今沒有一個作家的小說寫作，渴望逃離虛構二字而如魯迅那樣苦心經營了。魯迅對真實——乃至於對「事實的真實」，到了虔誠和敬拜，如同最忠實的信徒對神的跪拜樣。可以說，在文學創作中，如果魯迅相信有上帝在，那上帝的名字一定叫「真實」。就《吶喊》和《彷徨》言，與其說魯迅對國民性的批判是他寫作的魂，倒不如說是他對真實的正視、凝目和逼盯，才是他寫作的信仰和遺產。也正是這個對文學真實的正視如同對事實發生的逼盯心，才使得魯迅的小說，對「虛構」永遠保持一種警惕感，從而在《祝福》、《社戲》、《故鄉》、《孔乙己》乃至於在《藥》、《阿Q正傳》及《傷逝》等短製而偉大的經典裏，都始終瀰漫着「曾經發生」的事實性和記實性。因為在這些作品裏，都瀰漫着「事實」的虛擬記實和記錄，也才會出現 2009 年，日本作家大江健三郎到北京的魯迅博物館，看了魯迅手稿後，趴在魯迅的塑像上失聲哭泣那一幕。這讓我和當時在場的所有人，都愕然、肅穆而不知所措着。及至憶起 2006 年，大江在中國社科院的會議室，告訴大家說，他之所以熱愛文學和寫作，始自於從愛讀書的母親，讀到了魯迅最真實的小說《故鄉》這一篇。更具體地說，是在《故鄉》中讀到了小說的結尾兩句話：「希望是本無所謂有，無所謂無的。這正如地上的路，其實地上本沒有路；走的人多了，也便成了路。」[16]

大江說他是讀了最真實的《故鄉》和故鄉中的這兩句話，開始決定走出日本四國的森林到東京去求學。他把這兩句話記在心裏並寫出來貼在牀裏牆壁上，由此開始了他的文學和人生。就大江的這一經歷和經過言，可見魯迅和《故鄉》中，來自於虛擬事實的力量和意義。至於這裏的事實，

16 同前，第 71 頁。

是魯迅向記實靠攏創造出來的，還是魯迅藉助生活的經驗完成了虛構的真實提供的，它都在說明小說的真實和真實性——是小說寫作最大的要義和髓核，而非其他別的小說元素或組成。

真實是小說的核心和圓心，其餘都是繞此而成就的一個個半徑不一的「文學圓」。1933 年，魯迅在他的《南腔北調集》中寫了《我怎麼做起小說來？》，其中談到「人物的模特兒也一樣，沒有專用過一個人，往往嘴在浙江，臉在北京，衣服在山西，是一個拼湊起來的腳色。」[17] 到此我們也才可以真正領悟魯迅小說中的事實、真實和虛構，在他寫作中的混淆和互動，並彼此遮掩的因果和聯繫，對我們後來寫作中關於事實、真實和可能性，乃至於小說中並不以事實、真實為基礎的真實性，都有着怎樣的啟迪和影響。

魯迅小說的偉大，正在於他對小說事實、真實和可能性的理解與把握。他永遠把目光凝聚在事實和真實上。他以

17 魯迅：《我怎麼做起小說來？》，收錄於《南腔北調集》，譯林出版社，2014 年 1 月，第 88 頁。

「虛構的事實」去警惕、防範虛構中的不真之真和無法驗證的真實與無法確定的真實性。就連《阿Q正傳》、《藥》和《祝福》等，他也要以記實的「事實真實」為小說故事的始發站，開始行旅故事超越事實的真實和可能性。

一句話，魯迅的經典作品除了《故事新編》外，他在寫作中，一定是要他故事中的真實——以事實發生和可以發生的事實為基點，然後去書寫虛構中可能發生的真實來。這是今天我們當代文學關於真實和真實性最重要的根源和依據，也是關於小說可能性和真實性最大的局限和約束。

懷着一種冒犯和危險，當以「可能性」為寫作的討論要點時，我們來到魯迅深解的日本作家芥川龍之介的寫作上，便可以看到魯迅把《彷徨》與《吶喊》中的可能性，幾乎完全建立在「事實真實」的基礎上。而芥川龍之介，則在我們耳熟能詳的他的短篇小說如《鼻子》、《羅生門》、《山藥粥》、《竹林中》和《地獄變》等等寫作裏，則異常清晰地，將這些真實都建立在虛構的真實上，而讓小說的非事實的可能性，變得更為鮮明和突出。甚至在芥川龍之介某些小說中的可能性，要以與事實拉開的距離為依託，完全把真實根植在僅僅是可能發生、而不是一定會發生的土壤上。以其每個讀者僅僅閱讀一遍就可記憶並複述的《竹林中》為例，其最獨到的地方是，芥川龍之介讓他的故事與真實為鄰居——而非基點或故事出發的始發站，卻又讓讀者看到可能性與真實發生的距離、隔牆和門窗之寫作。這篇以七段供詞組成的經典，其供詞在形式上的敘述法或日方法論，讓讀者感到了一種「怎麼會這樣？」的經過和發生，如同魯迅在他的許多小說中，都要有「我」的開場敘述樣，讓讀者感到事實發生的「必然這樣！」般。《竹林中》在那些供詞內容上，在「多襄丸的供詞」中，我——強盜多襄丸說是他殺了女子的丈夫；而在「一個女人在清水寺的懺悔」供詞裏，那個被殺者的妻子，又說是自己殺了丈夫；到「亡靈藉巫女之口的供詞」內，那被殺的丈夫，又藉助巫女之口，說是自己殺了自己——這就由文學真實轉入了哲學上的「羅生門」。但我們回到文學的真實和可能性上去，在這三段供詞中，如果多襄丸、女子和死者，都在供詞中指證、指責別人是兇手，而自己只是無辜者或受害人，這毫無疑問是腳踏生活經驗的「事實之真實」，但當這三人都爭說自己是兇手時，故事的真實就跳躍、超越了生活經驗之真實，而躍入了我們說的那種和真實拉開了相當距離的「可能」上——一種完全非事實的真實可能性——「超真之真」，就此站將出來了，它讓我們看到事實經驗和可能性之間的遙遠距離和高大之隔牆。然而在這兒，我們又絕然不會去說這種超越事實經驗的真實存在的不可能，因為故事是以供詞的形式講述的，而供詞之本身，又深含一種經驗的「事實性」。從而《竹林中》的故事，便起步於小說形式（供詞）的事實，跳過了故事的事實真實而躍升至超越事實真實的可能性。

回到魯迅的小說上。魯迅在《吶喊》和《彷徨》裏，幾乎全部的寫作都不讓可能性跳躍事實而逃去。為此他總是以「生活事實」為敘述的開始和方法，不僅《一件小事》、《孔乙己》、《社戲》、《故鄉》、《祝福》、《在酒樓上》是如此，就是《阿Q正傳》、《傷逝》等，也都一樣是如此。在討論小說的事實、真實和真實性時，不是說魯迅小說的事實性，大於芥川龍之介寫作中事實性，而芥川龍之介小說中的可能性，大於魯迅寫作中的可能性。而是說，魯迅給我們提供的真實可能性，更趨近於生活經驗的事實性；而芥川龍之介的小說真實性，更趨近於小說虛構中非生活事實的可能性。

魯迅多把小說中的虛構，蓄意隱藏在生活事實下；而芥川龍之介，則把虛構一步步赤裸裸地攤開來，唯恐讀者看不到他的虛構和虛構性。

魯迅小說中的真實性，更仰仗生活經驗（事實）之真實；而芥川龍之介，許多更經典的小說真實性，則更具一種想像力和放射開來的可能性。他們彼此在真實方向上的不同和差異，才是他們彼此在真實性上的不同與偉大。

真實性

在虛構作品中，事實是一種生活的必然之發生。而真實，則是生活的發生或僅僅可能會發生。而其真實性，則是曾經發生、可能發生或在生活的事實經驗中，必不會發生而存在的一種真實感。之所以反覆聒噪這人盡皆知之常識，是因為烏鴉只有鳴叫不止人們才會意識到，牠的叫聲也有一種烏鳴之美感，如同只有孤狗才能品出骨頭風乾後的餘香樣。

圍繞在過往中日作家的寫作中，有趣的是魯迅對蒲松齡的寫作有很高之評價，他在他的《中國小說史略》中說：「《聊齋志異》雖亦如當時同類之書，不外記神仙狐鬼精魅故事，然描寫委曲，敘次井然，用傳奇法，而以志怪，變幻之狀，如在目前……偶然瑣碎，亦多簡潔，故讀者耳目，為之一新。」[18] 然而魯迅之寫作，和《聊齋志異》則幾無瓜葛和聯繫。這多少如陀思妥耶夫斯基和果戈里的寫作樣，前者深愛後者之寫作，卻在各自的文本中，少有絲線的牽扯和聯絡。回到魯迅、芥川龍之介和蒲松齡的生平中，那個生於 1892 年的芥川龍之介，備受魯迅的推崇和喜愛，卻又深受《聊齋志異》的寫作之影響，甚至還把蒲松齡的志怪傳奇《酒蟲》進行了重寫再創作。而在我們討論的「小說的不真之真」這一命題上，就中國的古今文學言，再也沒有比《聊齋志異》

18 魯迅：《中國小說史略》，收錄於《魯迅全集》（第十八卷），人民文學出版社，2005 年 11 月，第 216 頁。

更值得關注、凝視的文本了。

《聊齋志異》可謂中國文學「不真之真」之集大成。就《聊齋志異》中的短製言，並不為讀者、論家過多談及的《快刀》、《孫生》、《紅毛氈》和《小棺》等小說，它們即非仙妖孤魅之寫作，也非《王司馬》、《張氏婦》、《亂離二則》那樣的現實傳奇之寫作。就其小說中內部的可能和不可能中的真實性，《快刀》、《紅毛氈》與《孫生》等，可謂是沙土中的金子般，耀眼得一目覷之就會使人的眼前亮起一束文學的光。

> 紅毛國，舊許與中國相貿易。邊帥見其眾，不許登岸。紅毛人固請：「賜一氈地足矣。」帥思一氈所容無幾，許之。其人置氈岸上，僅容二人；拉之，容四五人；且拉且登，頃刻氈大畝許，已數百人矣。短刃併發，出於不意，被掠數里而去。[19]

19 蒲松齡：《紅毛氈》，收錄於《中華經典名著全本全注全譯叢書：聊齋志異》，第九卷，于天池、孫海通注譯，中華書局，2015 年 4 月，第 2345 頁。

譯文為：

> 紅毛國，過去朝廷准許他們和中國貿易往來。邊界官吏見他們人多，不許他們上岸。紅毛國人堅持請求說：「只要賞我們一塊氈子大小的地方就足夠了。」這邊官想，一塊氈子容不下幾個人，也就不同意了。於是他們把氈子放到岸邊上，氈子只能容下兩個人；拉一下，又容下四五個人；一邊拉氈子一邊登上岸，轉眼間毛氈擴大到一畝地大小，已能容納數百人。這時，他們抽出短刀，一齊進攻，由於出其不意，被他們搶掠了好幾里地才離開。[20]

脫開這篇小說中的紅毛國——荷蘭或英國，再或是指整個的歐洲諸國的侵略和陰謀，純粹回到小說的可能和不可能中的真實性上來，《紅毛氈》幾乎打開、並道盡了某種寫

20 同前。

作可能與不可能真實性的全部機密和暗箱。從毛氈上僅能站立的兩個人，到一拉一拽可以站立五六個，再到拉拉拽拽有一畝那麼大，可以登岸站立數百人。如此突然地短刀廝殺，攻掠搶劫，從而完成了蓄謀已久的侵略和掠奪。這篇小說的構思、展開和結尾，完美如一股春風轉為了一場龍捲風，縝密嚴謹，情理得當，神祕而有力。其一塊紅毛氈的大小變化，自然是超常、超奇到不可能，那麼我們為甚麼就相信了它其中的真實和真實性？

1. 因為我們在生活中，幾乎人人都相信皮筋和橡膠拉拉拽拽的變長或變大，這裏有物理的因果真實在，有生活經驗中的事實和真實性。

2. 紅毛國 —— 無論是指荷蘭、英國或歐洲哪一國，我們相信他們的科技之發達，能創造出太多神奇、神祕物，如那時的鏡子、洋槍和照相術。

3. 畢竟小說寫到了搶劫數里之掠奪，它喚起了中國讀者對西人顫顫怨怨的警覺心。尤其這一百多年來，中國對外侵的記憶深刻如刀割，留下了普遍難以治癒的記憶和傷痛。這種記憶之傷痛，在無限地增大着讀者對西人入侵的擔憂和回閃，因此也增大着「紅毛氈」的事實真實和存在感，使得小說故事的真實性，既有荒誕現實中的事實性，又有超越事實的可能性，還有超越可能的不可能中的真實性。

在《紅毛氈》的寫作裏，追究會不會發生是愚蠢的。但在其藝術審美中，單純地將其故事停留在傳奇性的趣味審美上，也同樣是審美的狹隘和簡單。是對小說中超越了可能與不可能的真實而凸顯的「真實性」的漠視與遲鈍。從《紅毛氈》到《竹林中》，再到魯迅的《故鄉》，這是東亞寫作在世界文學中，從不可能的真實性，走向可能的真實和真實性，再到純粹生活經驗的事實真實和真實性一路走來的實踐和注腳。

從這些注腳說開去，魯迅文學中的真實與可能，仰仗的是經驗中的事實性。

芥川寫作中的真實與可能，仰仗的是與事實經驗相脫離的可能性。

而在蒲松齡的《紅毛氈》、《快刀》和《孫生》等一批作品中，放棄的是生活真實和真實中的可能性，凸顯了小說超越可能性的真實和真實性，寫出了不可能的真實和真實性。

現在我們將時間倒過來，讓時間如起西流東一樣回到原有軌道上，可以說芥川龍之介，讓蒲松齡不可能中的真實性有了可能性，而魯迅又讓芥川的可能性有了事實性。只是在魯迅或日現代文學後，關於中國文學自古至今中的事實、真實、可能性和真實性，被我們簡化停留在了僅有的事實經驗的真實上 —— 且還是據己所需的、有選擇的事實經驗上，而非魯迅和現代文學中，盡作家目光之所及，去感受體會所有的物情、世事而寫作。換言之，魯迅小說的真實性，來自於建立在事實經驗上的體悟和感受；芥川龍之介的真實性，來自於超越事實經驗的體悟與感受，而蒲松齡小說的真實性，則來之於與事實經驗無直接聯繫、甚或完全無關的不可能 —— 純粹精神經驗的體悟與感受上。

到這兒，關於真實和真實性 —— 我們可以說，寫作以真實為信仰，如蘇珊・桑塔格說的「真實是文學的責任」樣，在作家與寫作的信仰和責任中，真實是經驗的魂靈，而真實性，則是真實之魂靈。小說沒有真實性，去談論真實就像談論一具屍體的吃飯穿衣樣。無論這個真實性是如魯迅一樣建立在事實經驗般的真實上；還是如芥川龍之介的經典寫作樣，建立在超越了事實經驗的可能上；乃或如古典短篇可謂神靈先祖的蒲松齡，把真實性建立在超越了可能性的不可能的基礎上。凡此種種，都在證實着虛構文學中真實性，才是寫作的圓心和骨髓，是事實與真實的魂靈和魂靈性。

無法驗證的真實

真實的無法驗證性

> 昔者莊周夢為蝴蝶，栩栩然蝴蝶也，自喻適志與！不知周也。俄然覺，則蘧蘧然周也。不知周之夢為蝴蝶與，蝴蝶之夢為周與！周與蝴蝶則必有分矣，此之謂物化。[21]

21 莊子：《齊物論》，收錄於《莊子集釋》（卷一・下），郭慶藩編注，王孝魚點校，中華書局，1961 年，第 112 頁。

但凡可用中文唸報讀書的人，大約都可講出這則《莊周夢蝶》的故事來。在夢中，莊周看見自己成了一隻蝴蝶，生動愜意，翩翩而飛，然而突然醒來，才發現自己不是蝴蝶，而是莊周。這是莊周在夢中變成了蝴蝶呢？還是蝴蝶在夢中變成了莊周呢？而莊周與蝴蝶，必是有區別之分的。

將《莊周夢蝶》的故事，從莊子哲學的高位朝下拉一把，讓故事回到文學的席位上，去討論這個夢蝶或說蝶夢的故事真實時，會發現這故事沒有真實或不真實的切口可進入。莊子說他在夢中變成了蝴蝶，亦或是夢中蝴蝶變成了他。這麼說，除了莊子知道真假外，沒有另外一個讀者，有任何依據可說這不是真的或說是真的。即便我們人人都做夢，你又能怎樣證明莊子確實做過那個夢？亦或他壓根兒沒有做過那個夢？再或是，他確實是做過有關蝴蝶的夢，但夢中不是他成為了蝴蝶或者蝴蝶成了他，而是他從夢中醒來後，用故事之針線，把碎破的蝴蝶夢片連綴起來了，從而才有了這則被哲學化的文學故事來。再或可以更堅定地說，莊周根本沒有夢，只不過是藉夢講了一個故事、寫了一篇小說吧。

到底莊周有無有過夢，夢中有或沒有蝴蝶和莊周，爭論像一片荒野中凌亂的荊刺和野花，答案若一片秋風中的碎枝與落葉。原來自古至今在故事中和文學裏，有一種真實是他人自根自底都無法驗證的。乃至於用自己想像的邏輯之尺度，去丈量他人真實長短的可能都沒有。特洛伊戰爭是有的，可宙斯和雅典娜之神真存在嗎？在《神曲》的地獄、煉獄內，那些有名有姓的人物是真實的。他們的祖產、子孫都還在佛羅倫薩城，其子孫後代們，都還在家裏掛着他們祖先莊嚴的遺像和畫框，並在郊野的墳地裏，直豎着為祖先的業績而立起來的紀念碑。然那個漸次縮小的地獄圈層就是真的嗎？天上怎麼會有九個火光熊熊的太陽在炙烤着人類和大地？一個人怎麼可能以自己的巨步而追上太陽的滾動並將其射落呢？人又怎麼可能會是一個女人在河邊，用一根樹枝抽抽打打後，那濺起的泥點泥滴就成了人類呢？可是若不會，那你告訴我，太陽、月亮的父母在哪兒？又是誰把它們編排置放到了宇宙星空的序列裏？人世間到底有神還是沒有神？沒有神人類第一個懷孕的女人和使那女人懷孕的男人又是誰？

說到底，人類的文學之真實，天然就有一種無可驗證性，只不過是我們對真實的理解，由開放、寬泛、包容走向了狹隘的確真、確是和確實，而把那種無可驗證之真實，從我們的經驗事實和文學中排除在外了，就像一個太子殺了父皇登基後，把父皇的一切都從文字、畫冊、史記中抹刪和塗改，讓後人的記憶除了新皇帝的合法性，餘其都以違背文學律法的名譽收之高擱、扔進過往了。讓那種因為無法驗證、因而也無法爭論或辯駁的真實不在了。使得這樣的一脈創造與寫作，至少是從我們的文學中消失殆盡了。而今天，我們重新去找尋那種無法驗證的真實之寫作，不是為了拯救文學的狹隘和被意識形態特定規範的真實觀，而是為了從東邊推開窗子時，不僅看到東山的日出和日光，而且還能看到並感受到漫天的光亮和整個房屋都在光影裏，能讓寫作從現有的胡同走出來，看到原野、山脈、河流、林地和遼闊，發現生活的經驗確實不能把白雲蒸成饅頭炒成菜，但文學中那天然存在的不可驗證之真實，是可以把白雲、空氣化為米麪和油鹽，而讓飢餓的真實飽餐和豐美。

意識區域 —— 無可驗證性（1）

> 我是個有病的人……我是個兇狠的人。我是個不招人喜歡的人。我覺得我肝臟有病，可是我絲毫不了解我的病，而且不知道到底患甚麼病。我不去看病，也從來不曾去看過病，雖然我尊重醫學和醫生。[22]

將近一百六十年前，陀思妥耶夫斯基在他的《地下室手記》裏，提筆寫下這段話，我們在後來的一百多年裏，開始反覆的論證他寫了一個窮困、卑微的小公務員夢囈般的內心和對自己內心世界的求證與剖析。但現在，我們也還可以說，是陀思妥耶夫斯基通過《地下室手記》，找到了一條讓你我無法驗證真實的寫作之途徑，為自己日後的寫作，開闢了一個讀者可以精神感受而無法經驗驗證的故事場域的新天地。所以拉斯科爾尼科夫，無論是緣於殺人還是因為別的甚麼原因，當他的內心扭曲汪洋、思緒恣意，哪怕那種被我們

22〔俄〕陀思妥耶夫斯基：《地下室手記》，伊信譯，三聯書店，2014 年 6 月，第 3 頁。

稱為「心理獨白」的湖海多麼漫溢和橫流，我們都因為不能用生活經驗去驗證這種「發生」和「存在」，而又因為這個作家在這汪洋獨白中，總要從可以發生的經驗裏寫出「事出有因」的經驗依據來，為他寫作的這種非生活經驗可以驗證的心理真實，伏埋了無可辯駁、也無法辯駁的現實主義最內在的一種不可驗證的真實來。

讀者總是從托爾斯泰作品中，讀出可能、可以的經驗性——那種可以感受和驗證的生活經驗，既是不在我們的經驗裏，也一定在他人和這個世界的經驗中。而陀思妥耶夫斯基，把這種可以驗證的經驗，賦予了一種生活經驗的無可驗證性。卡拉馬佐夫一家的行為，與托爾斯泰寫作一樣都是可能的，但這一家人那一個個的「前思後想」，卻是超越了生活經驗的可能性，只讓讀者去感受而無法讓生活經驗去驗證。

有作家一生都致力於可以驗證的經驗真實之寫作。

有作家一生都致力在可以感受而無法經驗驗證的寫作中。

倘若陀思妥耶托夫斯基的寫作，都還讓他的無可驗證的思緒根植在「思出有因」——那個總是在行為發生上和經驗密不可分的壞土內，那麼，《沒有個性的人》[23] 中的烏爾里希，其滿滿載載之思緒，細膩有序，則深含着讓讀者無法考察驗證的無可驗證性。在中國，無論是喬斯斯，還是普魯斯特和伍爾夫，再或遲到太久的穆齊爾，這一脈的寫作，幾乎可以說，沒有在我們的文學中留下深刻的延續和印跡。儘管他們的小說，都被擺在幾乎所有作家的書架上，他們的名字，也都幾乎掛在每個作家的唇齒上，並被刻寫在幾乎所有批評家的筆尖下。但從中國作家的文本中，我們很難找到有多少他們作品孕育出來的新一代。這是一批由偉大創造孕育出的「丁克族」，東方的文學後人們，知其偉大而仰視，卻又因為仰視而避之。而當我們將其原因歸其為難讀難懂、敬而遠之時，一如《尤利西斯》被稱為天書而被擺在書架上，任其灰塵的蒙落和覆蓋。就是有一天，有人將其從書架上抽下來，細心地擦去封面、書脊上的灰，也並非是真的為了

23〔奧〕羅伯特・穆齊爾：《沒有個性的人》，張榮昌譯，上海譯文出版社，2015 年 4 月。

《尤利西斯》這印刷精美的書，而只是為了整個書架的乾淨和美觀。

普魯斯特和伍爾夫，在中國文學中，都一視同仁地享受這待遇，儘管伍爾夫的《達洛維夫人》、《海浪》和《到燈塔去》，譯為中文每部作品的字數都不超過 18 萬字，其中《達洛維夫人》也才 15 萬，更何況中國古典四大名著，每一部字數都在百萬上。《戰爭與和平》、《靜靜的頓河》、《克斯利朵夫》，也都洋洋幾大卷。中國文化和讀者，對「上、中、下」和「三部曲」的愛，是超過世界上太多民族的讀者和文化的。然儘管是如此，也少見有讀者和作家，可以耐心讀完伍爾夫十幾萬字的一本書。有時也會在媒體上讀到那些讀了《追憶似水年華》和《尤利西斯》的作家們，把讀感和經過寫出來，但多半只是為了證明「你沒讀過我讀過」，天書我也把它啃咬了。然這閱讀和寫作，和中國文學的汲取與創造，卻是沒有太多關聯的。

為甚麼？

當然是因為太長和難讀，但更根本的原因是 —— 伍爾夫將其說將出來了：「和我們稱之為物質主義者的那些人相反，喬伊斯是精神主義者，他不惜任何代價來揭示內心火焰的閃光，那種內心的火焰所傳遞的資訊在頭腦中一閃而過。為了把它記載下來，喬伊斯先生鼓足勇氣，把似乎是外來的偶然因素統統揚棄，無論它的可能性、連貫性，還是諸如此類的路標，許多時代以來，當讀者需要想像他摸不到、看不見的東西時，這種路標就成了支撐其想像力的支柱。」[24] 這段話裏的分野是，「物質主義者」和「精神主義者」，是現代作家到了 20 世紀後，一味的對不可驗證的現代性的迷戀，而中國的作家與讀者，對小說可經驗驗證的 —— 物質主義的迷戀和固守。然無論如何說，小說中具有現代意義的不可驗證性，在世界文學中根植花開了，而那些我們無法體驗的意識流在人物頭腦中的「無端流淌」的精神感受，卻是在我們的閱讀和寫作中，幾乎消失殆盡了。

24〔英〕伍爾夫：《論小說與小說家》，瞿世鏡譯，上海譯文出版社，2000 年 12 月，第 9 頁。

因為露西已經有活兒幹了：要脱下鉸鏈，把門打開；倫珀爾梅厄公司要派人來了。況且，克拉麗莎．達洛維思忖：多好的早晨啊——空氣多麼清新，彷彿為了讓海灘的孩子們享受似的。[25]

透過柵欄，穿過盤繞的花枝的空檔，我看見他們在打球。他們朝插着小旗的地方走過來，我順着柵欄往前走。勒斯特在那棵開花的樹旁草地裏找東西。他們把小旗拔出來，打球了。接着他們又把小旗插回去，來到高地上，這人打了一下，另外那人也打了一下。他們接着朝前走。我也順着柵欄朝前走。勒斯特離開了那棵開花的樹，我們沿着柵欄一起走，這時候他們站住了，我們也站住了。我透過柵欄張望，勒斯特在草叢裏找東西。[26]

25〔英〕伍爾夫：《達洛衛夫人》，孫梁、蘇美譯，上海譯文出版社，2000 年 12 月，第 3 頁

26〔美〕福克納：《喧嘩與騷動》，李文俊譯，上海譯文出版社，1984 年 10 月，第 1 頁。

前文在「達洛維夫人說她自己去買花」的清晰交代後，露西、倫珀爾梅厄公司、克拉麗莎・達洛維以及海灘上的孩子便從意識的通道上，款款地流淌過來了。後文是班基在他生日這一天，反覆不斷地在意識中回想他不同時間、地點的往事和經歷。意識成了往事、未來和人物思緒東去西來的雙向、多向的通道和區域。在這個區域通道裏，發生過的和可能發生的，不會發生的和僅僅是一閃而過的念想、情緒和光點，都可以被文字留下和描述。故事中原有的線形時間被碎亂重新組合了，發生過的經驗和往事，與可能或不會發生的想像並置在一起。人物和不相干的人，可以同時穿過意識之區域，在同一時間來到讀者面前站立或蹲坐。當讀者抱怨人物與故事的跳躍、錯亂時，卻又無法用經驗這一最便捷有力的評判標準來衡定小說的真實性 —— 因為這個意識流的意識區，像一個萬花筒在旋轉中的筒洞樣，它帶來的一切都是「真的」無可辯論、無法辯駁的。至此後，當我們說 20 世紀初的那些天才們，與其說他們為我們的文學留下了所謂意識流的創造和經驗，倒不如更清晰地表白為，在小說百年來鋪天蓋地都是可驗證的經驗真實時，他們在 20 世紀的寫作裏，為我們開闢了一種無法驗證的真實新區域。

讀者可以疏遠這些作家和作品，一如這些作家從寫作開始就疏遠、放棄了許多讀者樣，但所有敬重文學探求的人，不能不為他們開闢出來的文學中的無可驗證性 —— 無論是作為內容本身還是方法論，都異常值得脫帽的敬重和鞠躬。

夢境 —— 無可驗證性（2）

為甚麼魯迅的寫作總是可以成為中國作家各種寫作問題的論據和物證？這是非常值得探討爭說的。百年來，我們對《野草》的敬拜和思解，正如百年來世人對卡夫卡《變形記》的思解、敬拜樣。《野草》中的每一短章都是獨立的，可將其所有的短章集組在一起，又毫無疑問它是整體的，彼此聯繫的。那最內在整體的聯繫自然是魯迅的思考、不安和對世界不解中的大詰問。但我們回到文本呈現出來的物體、物理上，會看到將這些聯繫在一起的，是黑夜、夢和噩夢中的囈語聲。更具體地說，整個《野草》就是一個思考者的夢囈之描述，尤其我們將《死火》、《狗的駁詰》、《失掉的好地獄》、《墓碣文》、《頹敗線的顫動》、《立論》、《死後》等篇章擺放凝目時，看見的不僅是這些篇章開頭的「我夢見自己在冰山間奔跑」；「我夢見自己在隘巷行走」；「我夢見自己在做夢」和「我夢見自己正和墓碣對立」⋯⋯等等這樣的開首之囈敘，而且是這些「我夢見⋯⋯」為魯迅、也為讀者打開了一個「無法驗證的區域」。因為這些是魯迅的夢和夢中的魯迅，它天然地含帶了真實和真實的無可驗證性。如同我們無法驗證莊子夢中的蝴蝶和蝴蝶夢中的莊子樣。夢為《野草》的寫作，確立了無可辯駁的真實和無法辯駁的真，一如百姓終將無法知道皇帝會做甚麼夢，而皇帝管天管地，也管不了百姓會做和不做甚麼夢。在夢的真實和無法驗證的特性上，夢因他人無法驗證而獲得了絕對的公正、信任和真實，為作家的寫作提供了無法驗證之真的自由通行證。

我夢見自己躺在牀上，在荒寒的野外、地獄的旁邊。一切鬼魂們的叫喚無不低微，然有秩序，與火焰的怒吼，油的沸騰，鋼叉的震顫相和鳴，造成醉心的

> 大樂。佈告三界：天下太平。
>
> 有一個偉大的男子站在我面前，美麗慈悲，遍身有大光輝，然後我知道他是魔鬼。
>
> 「一切都已完結，一切都已完結！可憐的鬼魂們將那好的地獄失掉了！」他悲憤地說，於是坐下，講給我一個他所知道的故事——
>
> 「天地作蜂蜜色的時候，就是魔鬼戰勝天神，掌握了主宰一切的大權威的時候。他收到天國，收得人間，也收得地獄。他於是親臨地獄，坐在中央，遍身發大光輝，照見一切鬼眾。」……[27]

在魯迅《失掉的好地獄》的寫作中，因為「我夢見自己躺在牀上，在荒寒的野外、地獄的旁邊」，而讓這篇（部）作品的真實，獲得了無可驗證的真實性。夢——這人人都會、也必然經歷，乃至於有人夜夜都要有的經歷和事實，解決了作家在敘述中全部虛構的可能性和真實性。當故事是

27 魯迅：《失掉的好地獄》，收錄於《魯迅經典全集》（散文卷），湖南人民出版社，2015年9月，第124頁。

夢或夢是故事、再或所有現實中的可能與不可能，都被作家藉助夢與夢境呈現時，所有的虛構旋即成一種事實了。所有文學中的不可能，都已成為可能了。這兒我們將《失掉的好地獄》和《莊周夢蝶》一樣當做小說閱讀時，其中的魔鬼、魂靈、地獄、劍樹、沸油等，都如生活之物的空氣、流水、飯食、柴薪一樣獲得了文學的真實感和真實性。

實在是可以將《失掉的好地獄》、《桃花源記》與《莊周夢蝶》等這樣的寫作並置在一起，完完全全當成中國最偉大的小說來讀的。這些最偉大的作家們，他們不約而同的，藉意識區域而創造出的虛構、夢實和夢境性，以及無法用經驗驗證的真實性，為我們的文學提供了太多的哲意、思考和情景、情節獨有的真實觀和真實性，如同為世間的馬車、汽車、火車、飛機等所有的運載工具提供了千變萬化、應有盡有的暢行通道和天空樣。我們當然也可以把這三篇文章都當作哲文經典讀，可又哪兒不能當作小說來審美？故事的曲折、迴蕩和反轉，意境的絕妙和獨有——當我們說這三篇小說中沒有人物時，可這三位作家、詩人和他們敘述中的蝴蝶、武陵人和魔鬼與魂魄們，又哪兒不是小說中最獨有的人物呢？

——它們怎麼就不是我們最最偉大小說呢？！

倘若將它們視為小說審美時，我們的寫作就豁然開朗、遼遠無邊了。

那種我們久違不見的小說的無可驗證之真實，不僅早已有之，而且就在我們身邊了。就在我們的中國文學之中了。我們沒有喬伊斯們的無可驗證之現代性，但這種仰仗人的意識區域的經驗事實——夢境——而獲得的寫作中的無可驗證性，卻在中國文學中，古今綿延，閃閃爍爍，相當的成熟、傑出和發達，只是我們今日之目光，被堆積起來的現實主義經驗之山遮擋了，看不到它們也是偉大的小說了。

被我們公認為中國古典小說的產生是從《搜神記》這一源頭開始的。今讀《搜神記》，關於夢的小說就有十餘篇，如《孔子夜夢》、《和熹鄧皇后夢》、《孫堅夫人夢》等。其中最為精妙、並對後世寫作有着牽導影響的，當屬《謝郭同夢》了。《謝郭同夢》與唐傳奇中的《三夢記》的瓜葛亦如時間之藤上的一個碩梨和又一個更大、更甜美的碩梨樣。至於從白行簡到了李玫的《張生》之夢寫作，也就是在同一根藤上結果發枝後，那新枝上也就有了新的果實了。隨之小說來到《聊齋志異》後，夢和關於夢的創造和敘述，終於蔚為大觀，成為無法驗證之真的大成和集萃。涉及《聊齋志異》中，藉助夢和穿過夢及如夢樣的恍惚、醉酒的「夢狀」所講述的故事有百餘篇，其中清晰表明着無可驗證之真的經典小說，如《畫壁》、《王子安》、《辛十四娘》、《鳳陽人士》、《绛妃》、《小棺》、《四十千》、《田七郎》、《王桂庵》等，無不昭示着現代小說的無可驗證之真實，在古典寫作中的起筆與伏埋。其中《鳳陽人士》不光延續着《謝郭同夢》、《張生》、《三夢記》裏的敘述法，且那種真實中的無法驗證性，則來得更為細膩、具體和形象。而到了《田七郎》和《王桂庵》，這種緣夢而起的無可驗證性，則如日光、白雲和地面的湖泊般，終於在可經驗感受的三界畫出了實實在在的樓閣和天宮。尤其一篇《王桂庵》，把這種夢與經驗真實的無可驗證的美和真，描寫到了天衣無縫而又實實在在內，如生活中碗和筷子到了時候總要在一起。

> 一夜，夢至江村，過數門，見一家柴扉南向，門內疏竹為籬。意是亭園，徑入。有夜合一株，紅絲滿樹。隱念：詩中「門前一樹馬纓花」，此其是矣。[28]

有一夜，那位思念姑娘的王桂庵，在夢中來到一個江邊的村子。到那村裏走過幾道門扉，看見一戶人家，庭園柴門，竹子籬笆——不在於這個夢中的美及王桂庵在夢中與情人的相遇之偶然，而在於時過一年餘，王桂庵來到南方鎮江，在去吃酒的路上，果然看到現實中有和他一年多前在夢中見到的一模一樣的村子、小路、馬櫻花及庭院與籬笆。由此有情人終成眷屬——大團圓和再分離，再分離與再相遇。故事的跌宕和路套，無論給讀者帶來多少的煩厭和愉悅，都無法掩蓋在這部小說中，夢中的真實性和真實中的無可驗證性，完美到破鏡重圓而又沒有絲毫閱讀中的裂痕在。

28 蒲松齡：《王桂庵》，收錄於《中華經典名著全本全注全譯叢書：聊齋志異》，第十二卷，第 3108 頁。

說到文學中夢與經驗的無可驗證性，我們總是捨近求遠地想到那位叫博爾赫斯的人。而當我們從《王桂庵》的古典寫作中走出來，在《聊齋志異》中關於夢和現實的無可驗證之爭中徜徉一遍後，再次回到了魯迅的《野草》寫作裏，不免會釋然而感慨：原來在中國古典文學中，深埋着文學在現代中創造的粒種和鬚根，亦如它們在夢區域的真實無可驗證性，正翹首以待的等着我們今人的發現和育培。而《野草》中的夢，和它播粒下的無可驗證的真和真實性，也一樣等待着有人將其視為小說的虛構之閱讀，而從中獲取它的最真實的無可驗證性。

種子是有的，而缺少的是新的撒種者。

神祕的真實 —— 無可驗證性（3）

薩特作為哲學家，是人盡皆知的。而作為小說家，人們已經很少談起他的小說了，儘管他也獲得過諾貝爾文學獎，且還以驚人之舉拒絕了那一大筆誘人的獎金。但今天，尤其在中國，想聽到人們對他小說的議論，一如在謊言滿天的世界難覓真相樣。二十七年前，我讀完薩特的《牆》，感到愕怔而茫然。不是為這篇小說的天賜之妙而愕怔，而是被其中一股現代而神祕的力量所擊中。《牆》以第一人稱敘述的故事是，分別叫斯坦波克、伊比埃塔和美爾巴爾的三個西班牙人，被冠以無政府主義的罪名而逮捕，他們被關在一家醫院的地窖內。在他們將被槍斃的前一夜，面對死亡和恐懼，他們每個人的內心和精神，都經歷了整整一夜的不安和煎熬。第二天天亮後，斯坦波克和美爾巴爾被帶走槍斃了，而故事的敘述者——伊比埃爾終於戰勝了對死亡的恐懼。審判者讓他供出他們的領袖雷蒙・格里斯藏身在哪兒，伊比埃爾便懷着「莫名其妙的高興」，謊稱雷蒙・格里斯藏在城外墳場或者掘墓人家的屋子裏。他沒有出賣格里斯，而是挑釁、遊戲地說了一個格里斯的假的藏身地。他為他可以坦然地選擇死亡並戲弄了敵人而感到愉快和自豪。在敵人離他去墳場搜尋雷蒙・格里斯時，「我（伊比埃爾）不時地露出微笑，因為我在想着他們馬上就要十分懊惱。我覺得我自己既愚蠢又狡猾，我想像着他們抬起墓石，掘着一個又一個的墓穴。我把整個局勢又想了一遍，彷彿我是一個局外人似的：這個囚犯固執地想當英雄，這些嚴肅的長槍黨員留着小鬍子，這些穿制服的人們在墳墓之間奔走，這真是一齣令人不能不發笑的喜劇。」[29] 然而半個小時後，敵人從墳場回來了，他們果真在墳場抓住了他們要抓的人。選擇了死亡的伊比埃爾，因為「供出」了他的領袖而活了下來。

三十年前編薦薩特的小說專家說：「《牆》把人生看成一系列人生偶然事件的總和，人的生命和死亡都具有荒謬性。」[30] 而我卻自始至終從這個故事裏，讀到的都不是荒謬感，而且是文學中又一種的必然真實和真實性 —— 在小說故事的結尾部，伊比埃爾謊稱他的領袖藏身在城外的墓場，敵人又果然在墓場抓到了他們要抓的人，這個自始至終都被讀者認為的故事的「反轉」，我則認為是小說中的「神祕的

29〔法〕薩特：《牆》，收錄於《薩特文集》（第一卷），鄭永慧譯，秦天、玲子編，中國檢察出版社，1995 年 8 月，第 263 頁。

30 秦天、玲子編：《編薦》，同前，第 7 頁。

真實」，是文學中的最真實和超真實。是一種無法驗證的真實或超真實的真實性。

當然，也可以把《牆》故事的反轉，大眾化的理解為戲劇性的巧合或偶然，乃或為故事的「歐・亨利式」的結尾。這是一種理解的權力。然而在我，幾乎三十年不能忘懷的這個故事，卻是因為這個故事中現代而神祕的小說真實性，完成了傳統神祕真實的現代性轉化和神祕主義在當今無可驗證的另外一種真實性。

> 天津有舟人某，夜夢。一人教之曰：「明日有載竹笥賃舟者，索之千金；不然，勿渡也。」某醒，不信。既寐，復夢，且書㞜、𡳞、𡳾三字於壁，囑云：「倘渠吝價，當即書此示之。」某異之。但不識其字，亦不解何意。
>
> 次日，留心行旅。日向西，果有一人驅騾載笥來，問舟。某如夢索價。其人笑之。反復良久，某牽其手，以指書前字。其人大愕，即刻而滅。搜其裝載，則小棺數萬餘，每具僅長指許，各貯滴血而已。

某以三字傳示遐邇，並無知者。未幾，吳逆叛謀既露，黨羽盡誅，陳屍幾如棺數焉。徐白山說。[31]

《聊齋志異》中的短篇《小棺》，多被我們當作神祕志怪小說來閱讀。天津的船夫在夢裏看見有人走來對他說，明天有個帶着竹筐來租船的人，你可向他要一千兩銀子，並在醒來又夢的過程中，夢見夢中的人，給他在牆上寫了漢語中稀有少見的三個誰都不認識的字。因為不認識，天津船夫反而記住了這三個字。第二天，日西之時，果然有人趕着騾子、載着竹筐來租船。船夫向來人要一千兩銀子，來人不給，討價還價。最後船夫就拉起來者的手，在他手心寫了夢中的那三個稀有的字。來者因此大驚失色，丟下騾子和竹筐，慌慌地走去而消失。之後船夫打開那竹筐看，裏面有數萬個小棺，每個小棺一指多長，裏邊都裝有一滴鮮血。之後，中國歷史上大名鼎鼎的吳三桂叛亂被平，黨羽們全被殺頭後，而其屍體

31 蒲松齡：《小棺》，收錄於《中華經典名著全本全注全譯叢書：聊齋志異》，第十二卷，第 2197 頁。

被擺放陳列的數目，正好和那筐中的滴血小棺完全相等。

在《小棺》這篇小說中，天津船夫、夢和連續的夢，及夢中的三個無人認識的字，我們都可以理解為是蒲松齡的志怪和神祕。而當滴血小棺和現實中吳三桂的藩亂平叛連接在一起時，這篇小說就從虛構志怪走向了一種神祕的真實。是這種神祕的真實，傳遞、完成了小說的無可驗證之真實。在蒲松齡的寫作中，因有着這樣的神祕真實而無法驗證之真的小說，還有《快刀》、《孫生》、《公孫九娘》等，篇數不多，成就也非他類小說可比，但將這些小說中神祕真實的無可驗證之真，剝離開來，提取凝視時，卻可以給我們一種神祕的無可驗證之真的啟示和暗示。將這種古典神祕真實的無可驗證性，與薩特的現代小說《牆》，擺放在一起對讀比較時，一西一中，一古一今，也正可以給我們今天的寫作，開闢、預兆出一種新的可能和路道。

神祕主義從來都是文學口渴時癡迷不怠的井泉和源頭，而這種天然的神祕主義的真實與真實性，如何給當今混亂無序的現實注入一種無可驗證的真實和邏輯，想一定會有作家在此有所作為和創造的。

不真之真

不真之真與文學謊言說

文學是一種謊言，這種觀點不知為何可以在作家中流傳開來。當巴爾加斯・略薩的《謊言中的真實》的論文集子走進中國時，他對他所處的現實與歷史的高度關注和思考，並沒有引起多少中國作家的警覺和思慮，而「謊言中的真實」之觀點，卻漸次地被許多作家接受和轉移，而最終虛構的意義和虛構中的真實性，卻被微笑着的「文學是一種謊言」的觀點所替代。儘管這兒出現的「謊言說」，是和虛構連接而互為因果的。然而在我們更為特定的語境內，人們把現實主義的桂冠送給那些生活淺經驗模仿者，事實是讓那些「文學謊言家」，有了逃避深刻現實的遮羞布。

說到底，我們認同的文學謊言說，是一種對生活淺事實的模仿和遮掩。那種謊言逼真到和事實的表面一樣時，那些作品就可以取代事實和真相，成為又一種文學真實的流行和存在。這在中國式的現實主義寫作裏，這種謊言說的寫作有廣泛的成功典例和範式，也因此在中國作家中，會有文學是一種謊言——是一種謊言式的虛構之觀點。而這兒，我說的小說的不真之真和文學謊言說，毫無瓜葛和聯繫，而且他以謊言為天敵，對經驗的模仿持着不消和否定。它的起點是創造，終點依然是創造。經驗只不過是創造與讀者連接的路道和橋樑，如同一棟樓屋築立起來後，虛構的創造才是這樓屋的地基和立柱，而經驗只是這樓屋部分的瓦片和磚石，是一種建築的裝飾和週邊。

說到底，不真之真不是經驗之真實，而是一種文學更深切的真實性。

謊言的模擬之「真」是一種虛演的真的存在和流行，它在特定的歷史時期和環境內，會大行其道並取得耀眼的光環和成功，但時間終會摧毀這種流行和存在，讓不真之真顯出它更為深層、深刻、深切創造的真實的光輝和未來。

不真之真與《搜神記》

我是中國古典文學的小學生，面對浩瀚的中國古典文學，彷彿錯路走進金沙灘中的淘金者，每每看到耀眼之沙光，就會喜悅地以為自己淘到了寶，會在那閃光的流沙邊上蹲下來，哪怕稍前一步會有塊金和大團大圓的瑪瑙石。

竟然是幾年之前才真正喜上《搜神記》—— 中國小說的鼻之祖。喜上它不是緣於它與今天現代、成熟的文學相類比，更為成熟、更具意外和創造性，而是一部《搜神記》，原來竟然幾乎篇篇都是「不真之真」之寫作。

> 神農以赭鞭鞭百草，盡知其平毒寒温之性，臭味所主，以播百穀，故天下號「神農」也。[32]

> 宣城邊洪，為廣陽領校，母喪歸家。韓友往投之，時日已暮，出告從者：「速裝束，吾當夜去。」從者曰：「今日已暝，數十里草行，何急復去？」友曰：「此間血覆地，寧可復住。」苦留之，不得。其夜，洪欻發狂，絞殺兩子，並殺婦。又斫父婢二人，皆被創。因走亡。數日，乃於宅前林中得之，已自經死。[33]

---

32 干寶：《神農鞭百草》，收錄於《中華經典名著全本全注全譯叢書：搜神記》，馬銀琴譯注，中華書局 2012 年 1 月，第 1 頁。

33 干寶：《邊洪發狂》，同前，第 39 頁。

打開《搜神記》的首一篇，《神農鞭百草》的故事仙飛而來。其故事令人驚異的，不是神農鞭擊百草以炮製草藥的平、毒、寒、温之藥性，而是將「不真」的先人和人類間人人都需的疾病和治療，及人生必須飯食的糧物種植之結合，從而使這不真在人們最基本的生活經驗上——健康和吃飯二者間，獲得了經驗事實的體悟和認同，從而使這虛構之不真，在人之最基本的生存經驗上，得到了一種「生活的真」。宛若《創世記》中的神，創造了天、地、水和空氣後，急需在後面創造人的生命必須有的糧物和果實，所以神才要大地生發青草、種子和菜蔬，才要樹木結出果子來，不然人到世間吃甚麼？人若沒有飯食和糧物，他們怎麼會相信世界上有神的存在呢？又怎麼會相信，神是一種真實呢？

《邊洪發狂》在今存《搜神記》的四百六十餘個故事中，並無特別之意義，對當下今人之寫作，也難有啟後的鑰匙與鎖之關係，然而在「不真之真」的真實上，卻別有滋味和啟示。宣城人邊洪，在廣陽為領校，母親去世後回家，其時韓友去拜訪。韓友到他家不久，便出來告訴隨行者，讓大家趕快收拾行李，連夜離開。隨行者問：「今夜已經晚了，我們走了幾十里的野荒，為甚麼又要匆匆離開呢？」韓友便告訴隨者道：「這裏血流滿地，我們怎麼可以住下去？」如此這般，就是邊洪苦苦挽留，韓友也還是固執地告別而離開。然就在他告別離開的這天半夜裏，邊洪忽然發瘋，絞殺了他的妻子和兩個兒子，砍傷了他父親的兩個婢女。之後幾天，人們發現邊洪上吊死在了他家前邊的林地中。故事是那種未卜先知類型的，前邊覺察到了邊洪家將要血流滿地，而後便寫了邊洪發瘋，殺三傷二。邊洪為甚麼會突然會發瘋呢？是身患疾病，還是韓友一到邊家就發現，邊家隱藏着重大的私情之祕密？比如邊洪的妻子如潘金蓮般在邊洪不在時，她在家裏偷情並生子，因此韓友料定邊家必有一場血災會生發？倘若是如此，那麼韓友又是如何發現這些隱祕呢？他怎麼可能如此細微並若諸葛亮般料事如神呢？

在《搜神記》的寫作中，仙、神、妖、異、狐、鬼等，這些非人之不真，是佔着敘事「C 位」的。而《邊洪發狂》是少有敘述中偏於寫實之故事，是難得的純粹的人和人的故事之發生，而非非人之人和人相交才有的故事和奇異。而在這則故事中，韓友到邊洪家，從無交代的「觀察」和「發現」，到「應驗」和真實之發生，所有留下的空白茫茫處，都需要讀者用自己的想像和經驗去填補。這種不真之真的神奇和應驗，在幾乎所有《搜神記》的不真中，因為它來到了讀者可以想像的真實經驗內，所以不真之真也就到來了。

《邊洪發狂》是中國小說中最早的「人的故事」之一，這不真中的真，自然也就隱埋在人的生活經驗之中了，如同該隱因嫉殺了弟弟亞伯樣，這兄弟相殺的故事，因為脫離了神異之安排，則更顯出一種經驗真實來——那真與不真之間的真實感。

《搜神記》中散落播種的不真之真到了第十一卷，因為故事多都集中在了「最為天下貴」的人身上，於是真實感也在「不真」中，豁然洞開而被展擺出來了。不真中的真，也若春來花開般，洋洋灑灑了。比如《驚弓之鳥》裏，因為六國的更羸射術高超，當大雁從天空飛過時，他只要把弓箭對着天空瞄準虛拉一下弓，那大雁就會從天空落下來。《斷頭語》中的女子，被自己的情人渤海太守史誤解殺害後，離開身子的頭顱會對她的情人開口說：「使君啊，我和你相好一場竟是這結果！」《郭巨埋兒》的故事之腐朽，如同要從傳統孝德上嗅出裹腳布的桂香來。那個為了讓母親吃飽肚子，而擔心自己親生兒子會吃了母親食物的郭巨，竟然要到野外挖坑埋了自己的兒子去。倘論中國小說中的朽思和惡壞，《郭巨埋兒》當為最巨了。然在這則故事裏，郭巨在野外把坑墓挖到一定深度時，竟挖到了一塊石頭蓋板來，蓋板下有釜黃金，並且那罐子裏面還有一張朱筆寫成的文書：「孝子郭巨，黃金一釜，以用賜汝。」這也再一次地證實着，某種超越生活經驗的真，在中國千年前的小說中，早已有之並且相當普遍和成熟，這也就是中國小說中不真之真最早的開始和書寫。及至到了魯迅將《搜神記》中的三王墓，更具現代意義的改為《鑄劍》後，這種小說的不真之真就已成熟、完美到了春來花開、秋至果熟的境地裏，只是在我們之後百來年的寫作裏，現實主義的大汪洋，將這種不真之真徹底捲走了，幾乎難找一篇一節的努力和嘗試。就是在 20 世紀的文學中，不真之真作為現代和後現代，花開果香、滿枝滿葉時，我們也從未想起在中國的古典文學中，不真之真是那樣的普及和遍佈，曾經是中國文學的開始和源頭。

實在是慢待了中國最早的小說《搜神記》。慢待了那個開天闢地、成法立規的作家干寶了。

《東海孝婦》是因為關漢卿的《竇娥冤》而被後人記住的。然而追根求源的結果是，因為有了干寶的《東海孝婦》後，才有了我們為之傲然的《竇娥冤》。這也正如沒有《搜神記》中的《三王墓》，哪兒會有魯迅的經典《鑄劍》樣。可是我們從《東海孝婦》中，讀到的不僅是周青之冤和因冤而起的三年大旱和六月雪，而且還有周青被冤殺那一天，「青將死，車載十丈竿，以懸五旛，立誓於眾日：『青若有罪，願殺，血當順下；青若枉死，血當逆流』。既行刑已，其血青黄，緣旛竹而上，極標，又緣旛而下云。」[34]

周青被殺的時候，車上拉着十丈長的竹竿，竹竿上飄掛

34 干寶：《東海孝婦》，收錄於《中華經典名著全本全注全譯叢書：搜神記》，第 260－261 頁。

着五色的幡旗。那時候她在被殺前，站在眾多的圍觀者面前喚：「我周青如果有罪，我請願被殺，殺後血會順着竹竿往下流；如果我周青是冤枉的，我被殺後血會順着竹竿朝上流」，而在周青被砍頭之後，她的血呈出青黃色，果然順着旗杆從下往上，倒流到旗幡頂，又順着旗幡流下來。

我為這因冤而血會倒流的寫作而驚愕。

這是多麼多麼的不真實，又是多麼多麼的駭人聽聞之真實。

在那本被談論過多過多的《百年孤獨》中，馬孔多鎮有了繁華爭鬥後，有個總是被人當作魔幻證據的情節是這樣的：

何塞·阿爾卡蒂奧剛關上門，驀地一聲槍響震動了整幢房子。一股鮮血從門下流出來，流過客廳，流出家門淌到街上，在高低不平的人行道上一直向前流，流下台階，漫上石欄，沿着土耳其人大街流去，先向左，再向右，拐了個彎，接着朝着布恩迪亞家拐了一個直角，從關閉的門下流進去，為了不弄髒地毯，就挨着牆角，穿過會客廳，又穿過一間屋，劃了一個大弧線繞過了飯桌，急急地穿過海棠花長廊，從正在給奧雷里亞諾・何塞上算術課的阿瑪蘭塔的椅子下偷偷流過，滲進穀倉，最後流到廚房裏，那兒烏蘇拉正預備打三十六隻雞蛋做麪包。[35]

第一次讀到何塞・阿爾卡蒂奧的血可以左拐右拐、流上流下，躲躲閃閃、九曲十八彎地流到烏蘇拉的身邊時，中國文學還在十年文革後的一片茫然和單色鋪排裏。那時候，讀到這段文字時，我把小說放下來，望着前面的哪兒發着呆。及至又過了多少多少年，再讀《東海孝婦》時，讀到「既已行刑，其血青黃，緣幡竹而上，極標，又緣幡而下云。」我也一樣放下《搜神記》，雙目茫然地朝着遠處望，而後臉上和心裏，都有了「原來如此」的微笑和釋然。

——不真之真是古已有之的。

35〔哥倫比亞〕馬爾克斯：《百年孤獨》，黃錦炎等譯，上海譯文出版社，1984 年 8 月，第 122－123 頁。

——不真之真原來是中國文學和世界文學的最源頭。

原來我們的寫作，如出家遠行的執拗孩子般，因為走得太遠竟然忘記自己家在哪兒了。忘了家裏的親人和家裏一樣也有的吃喝飲用了。

我為中國古典文學和西域20世紀許多經典中非人為聯繫的蛛絲馬跡而愕然，比如《聊齋志異》中非人之人的鬼，與《佩德羅・巴拉莫》中死去卻永遠還活在科馬拉和半月莊中的鬼，還有周青與何塞・阿爾卡蒂奧死後都可以流來拐去、倒流而上的血。在《聊齋志異》的講稿《聊齋的帷幔》中，我曾經用更多的文字繁瑣細碎地說過這一些，而這兒的重複和碎言，除卻證明我是讀書少而想得多的人，就是為中國小說源頭中豐沛的浪漫、想像和為那時寫作裏本就有的不真不真，感到欣慰和發現晚了的自慚與羞愧。

為中國古典文學的豐沛而驕傲。

也為我們對古典文學的丟失——不是字詞古韻的丟失和繼承，而是從根本上，對先人思維開放的無知和忽視——使人氣惱到要一屁股蹲坐在地上。

現代中的不真之真（1）

從不真之真進入中譯的20世紀文學去尋找和窺視，會發現因為反動19世紀現實主義文學中的真實和可能，而更顯創造與偉大的最早出現的作品，不是卡夫卡的小說《變形記》，而是斯特林堡的劇作《鬼魂奏鳴曲》。這部產生於1907年的戲劇，讓殭屍、亡魂、木乃伊和幻想中的人，同時出現、糾纏在現實經驗裏，淋漓盡致地道盡了現實世界的逼仄和人與人之間的慾望、傾軋和冷酷。故事宛若中國《聊齋》的瑞典戲劇化，卻又深具《聊齋》不真之真意義上的現代性。愛，在《鬼魂奏鳴曲》中徹底消失了，醜惡與黑暗，始終瀰漫在故事淩亂、不倫的人際間。單就這部劇作中的不真之真論，它是古典鬼異魂魅之不真，在20世紀文學中的延續和再生。由此到了八年後，卡夫卡寫出《變形記》，當我們用研究者「異化」、「荒誕」的雙目去論說這脈現代寫作時，我們其實可以跳出論家的抽象和概念，回到寫作本身的不真之真上——只不過斯特林堡的不真之真是一腳踏在古典上，另一腳落在現實和現代上；而卡夫卡卻天才地把那隻踏在古典中的不真之真的腳給抽將回來了——他不再讓如希臘神話、荷馬史詩、《神曲》等偉大聖作中的神與魔鬼的非人之人在他的不真之真中出現了。那些神異、仙魔和魂鬼，不再化為人形、人影在故事中成為人物而承擔角色了。卡夫卡在瞬間反動了這一切——孤鬼妖異和仙魔，這些非人的人，在他現代的不真之真寫作裏，完全消失得連一絲根鬚都沒有——

不僅是非人的人在故事不再成為人，而且是在故事中對此反動到讓人成為非人的人——這才是20世紀不真之真對待傳統不真之真最大的顛覆和創造。在現代的不真之真中，不是非人的人要到人間來，而是人要到非人之人的那邊去。格里高爾不僅在一夜之間變成了蟲，而且若格里高爾一樣的人，還要如動物般自覺地把自己關在籠子裏，無休止地自我飢餓直到死去和爛草一道被埋掉（《飢餓藝術家》）。人可以在無奈必要時，如鳥如仙一樣騎桶飛在天空中（《騎桶者》）；可以如馴化的動物樣爬在機器下，由機械在身上隨意地刻畫和修整（《在流放地》）。凡此種種，在卡夫卡筆下那些人為非人之寫作，當讀者緣此被研究者引向異化、荒誕和超現實的理解去向時，我們實可以從寫作本身去理解為，這是自古有之的不真之真在現代的重生和種植。是不真之真來自遠古，又回之遠古的反身行筆的環形會合與對接。是作家在千年的行走、探索後，為文學畫下的一個圓形之創造。由此重新歸回到戲劇上，1921 年尤金・奧尼爾的劇作《毛猿》中的主人翁，楊克在無路可走時，卻要退回到動物園，去靠攏、求助於猴房裏的大猩猩。

　　我說，看樣子你是個誠實的傢伙，是不是？我見過許多被人們叫作猩猩的硬漢，但是你是我見過的第一個真猩猩。你的胸膛、肩膀、手臂和手真夠棒的！我敢斷定你的兩隻拳頭都有那麼一股勁，能把他們全打垮！（他是懷着真正的讚美心情說這番話的。猩猩好像懂得他的意思，直立起來，挺起他的胸膛，用拳頭在上面敲打着。楊克同情地嘻嘻一笑）真的，我懂你的意思。你敢向全世界挑戰，是不是？你有我說的那些優點，儘管你說不清楚話。（於是話裏夾帶着苦

惱）你又怎麼會不懂我的意思？難道我們不都是同一個俱樂部，毛猿俱樂部的會員嗎？……[36]

《毛猿》中的楊克，向猩猩的求助與回歸，正和人最終變成了甲蟲有着一樣的朝着古典不真之真的回歸與反動。離開舞台，閱讀劇本中的故事，大可將劇作當作是作家用劇的形式寫就的小說讀。哪怕如《等待戈多》那樣的劇本中無故事，也可將其當作充滿着內心獨白的意識流小說去閱鑒。而將劇本當作劇式小說去讀時，《人猿》中的不真之真就和卡夫卡小說中的不真之真異曲同工、盡妙其中了。只不過戲劇中的故事，要面對的是觀眾，他們更渴求的是真實性中的戲劇性，而小說故事要面對的是讀者，必然苛刻真實中的可能性與邏輯性。緣此在20世紀的文學裏，戲劇中的不真之真，在很長一段時間內，都比小說中的不真之真來得更為猛烈和真切，乃至於將這些劇本當作小說（文學）故事閱讀

36〔美〕尤金・奧尼爾：《毛猿》，收錄於《外國現代派作品選》（第一冊・下），袁可嘉等選編，荒蕪譯，上海譯文出版社，1980年10月，第744頁。

時，便會有許多錯愕、震驚在。

在中國當代文學剛剛醒來的上世紀80年代初，因為袁可嘉先生編譯的《外國現代派作品選》，貝克特、尤涅斯庫和品特等偉大的劇作家，被冠以「荒誕文學」而赫然、刺目地走進了中國讀者（不是觀眾）的視野內，而今去認識他們的荒誕時，說起荒誕性，也就是不真之真的寫作了。《等待戈多》作為劇碼怕是在中國演出最少而名聲最大的一部經典劇。當年這部驚世之作在巴黎，上演的盛況對於今天的中國人，可能只是一幕盛況傳說了。是一種只能藉助想像去演繹描繪的文化的熱鬧和繁華。而當時間帶走了喧囂與熱鬧，我們可以重新坐下將其當作劇碼式的經典小說閱讀時，大約也才可以感受到，「故事」中的愛斯特拉貢和弗拉季米爾，沒完沒了地在光禿禿的鄉間小路邊的一棵柳樹下，無根由地等待那永不到來的名為戈多的那個人，這在文學性的「不真」上，正如《審判》中的約瑟夫・K，無緣由地接到傳票後，不知道自己犯了甚麼罪，誰在控告他，依據的法律是哪一條。而因此到來的審判，無論甚麼結果你都必須承受和接受。

辯訟和爭論，無意義得如一個人面對空氣的自語樣。而愛斯特拉貢和弗拉季米爾，在這個純屬文學意義的不真上，沿着約瑟夫・K 的人生之路走得更遠、更蠻荒。約瑟夫・K 和那兩個等不到戈多的人，前者進不了城堡，卻還是人羣（社會）中的人，而後者，等不到戈多的愛斯特拉貢和弗拉季米爾，他們已經從人羣中剝離出來了。他們和歷史、現實（現在）沒有直接的因果聯繫了，完全成了兩粒無根系的人的漂浮物。他們不僅不認識、不了解戈多到底是何人，而且也不知道自己為何要到那兒等待他，卻又只能到那等着他。為甚麼要等他？等他的目的是甚麼？是誰通知他們來等他？所有的因果都無緣由在，而其等待的過程卻被醒目、觸目地呈現在非故事的故事（等待）裏。甚至在人物的等待過程中，人物連自己是誰 —— 過去怎樣都不知道：

弗拉季米爾：無論如何，你總不至於對我說，這（做手勢）跟沃克呂茲很像吧！兩者之間畢竟有一種很大的區別。

愛斯特拉貢：沃克呂茲！誰對你說了沃克呂茲？

弗拉季米爾：可是，你不是在沃克呂茲住過嗎？

愛斯特拉貢：沒有，我從來沒在沃克呂茲待過！我對你說，我整個花柳病的一生，全都是在這兒度過的！在這兒！在這臭大糞的克呂茲！

弗拉季米爾：然而，我們曾經一起在沃克呂茲的，我敢把我的手放在火上。我們在那兒摘過葡萄，對了，住在一個姓波奈利的人家裏，在魯西永。

愛斯特拉貢：（稍微平靜些）有可能。我甚麼都沒注意到。

弗拉季米爾：但那裏，一切都是紅色的！

愛斯特拉貢：（生氣）我甚麼都沒注意到，我對你說了！[37]

這兒不是說他們共同去沒去過沃克呂茲，而是說他們共同不在的記憶和遺忘，是他們沒有歷史、沒有過去了。而只有現在和等待。他們因為沒有過去而不知道自己是誰，唯有

37〔法〕貝克特：《等待戈多》，余中先譯，湖南文藝出版社，2016年8月，第100頁。

現在的等待，又不知等待那人是誰、甚麼樣。作為讀者的我們，在《等待戈多》的閱讀中，深切地體會了文學的「不真」可以走多遠 —— 可以像《四川好人》中非人的人 —— 神祇們走到人間來；可以像《鬼魂奏鳴曲》中的不真的死者、木乃伊、鬼魂和幻覺中的人來到人羣中，還可以反之讓格里高爾成為非人的人。然而把這種為人的不真之真寫到極處的，當屬《等待戈多》的寫作了。

將《等待戈多》作為劇式小說閱讀或者劇碼的文學故事觀看時，作為讀者或觀眾，誰都可以讀到、看到故事中的人物弗拉季米爾和愛斯特拉貢，是「毫無因由」地 —— 背離人羣、人世的人。而卡夫卡筆下的人物們，絕多和人、人羣、人世是不願脫開而不得不脫開。而貝克特、尤涅斯庫和品特筆下的人，是和人羣、人世已經脫開又不知為了甚麼要脫開的人。

卡夫卡讓他的人物始終和人在一起。

貝克特們讓他們的人物始終和人相隔離。

我不認為這些劇作家寫的是人在人世之孤獨，而以為他們寫的是人在人世的隔離與漂浮。是人的無緣由的隔離感和漂浮感。這種漂浮和古典文學中神、鬼、妖、魅的空來空去是對應的。當文學的不真之真，自古典非人的人成為人→到現代中的人為非人→再到人雖還為人，但卻離開人羣、人世成為隔離、漂浮的人，終於這種不真就到極處、絕處了，乃至於無論是讀者或觀眾，被時間推離了上世紀 50 年代歐洲（巴黎）的歷史、文化背景後，都將無法如那時巴黎的觀眾樣，感受、體味《等待戈多》中的不真之真了。對於今天的讀者和觀眾，《等待戈多》中的「不真」是切實的，而不真中的真，卻是漂浮得難以抓到或者感受到。

然而將幾乎和貝克特同時寫作的尤涅斯庫的劇作同時閱讀並將他們視為一個整體——荒誕文學後，對《等待戈多》中的不真之真就可以抓到並攬懷感受了。尤涅斯庫的《禿頭歌女》和《新房客》，比貝克特的《等待戈多》的寫作早二年，而前者中的不真之真，都比後者來的更為具體有着實在感。《新房客》中的先生租房搬家時，搬來了無數無數、各式各樣的家具來。這些家具多到堆滿了房間、樓道和大街，把城裏的車道、地鐵都給堵塞了，結果為了讓家具都堆進房間去，不得不把可移動的天花板給移開來，從天空把家具繫到房間去，最後家裏堆滿了家具，「人」卻不見了。

《新房客》清晰地寫了「物」在而人失。人的全部都被物給佔有了。人把自己的所有位置讓給了物。人是物的奴隸而非主人在。就劇式小說言，《新房客》故事中的真與不真都易於把握和理解。而將《新房客》中人在物中的丟失作為理解《等待戈多》的序幕和台階，正可以說《新房客》寫了有據的 —— 生活經驗中人被物擠佔的丟失與不在。而《等待戈多》則寫了無據的人，在人世的脫離和漂浮，這就是二者不真之真的相同與不同。甚至用粗簡籠統的話去說，《等待戈多》中的不真之真時，似乎可以這樣說 ——

《等待戈多》的不真是等待，不真中的真，是人與人和人世的無由、無根之脫離。

現代中的不真之真（2）

倘若用真實和不真之真去重新條理、排列自古至今的文學變化時，會發現在 20 世紀的小說中，所有的旗幟和主義、別派和論爭，大都是在真與不真間。現實主義的真實和可能，地基樣蹲守在文學大廈下，無論何樣的風擺和搖動，動的都是被高舉起來的，而非地基和根鬚。除卻那些把所有的意義都置放在夢和意識中的無可驗證之真實，餘者被視為象徵主義、未來主義、超現實主義、存在主義、荒誕派、頹廢派、黑色幽默、垮掉的一代和魔幻現實主義等，林林總總、總總林林的標識和不同，原來貫穿在這些作品內部的，都是不真之真的各式表達和異樣。

不真之真是這脈作品所共同串繞的內脈線，而其作品中不真之真的大小和多少，是一整故事的不真之真，還是故事中局部的情節和細節，再或僅僅是形式的差異和追求，及這些作家作品的派別和主義——如同我們在談論加繆的《局外人》，說的是「存在主義」，而其實質，還是在談論莫爾索對人和世界的態度上的真，是一種更深層的人之經驗的真實和表達。談論金斯堡的《嚎叫》和海勒的《第二十二條軍規》，或馮內古特的《冠軍早餐》及亨利・米勒的《北回歸線》，說的是「垮掉的一代」和「黑色幽默」等，而其實質上，仍然是這些作家和作品中人物們的不真之真或真之不真之表達。就是法國「新小說」中的羅伯-格里耶的《橡皮》和克洛德・西蒙的《農事詩》，把「表物」和寫作提高到超過表人抒心的高位重心上，說到底也還是為了人與世界的真與不真和真之更真的文學觀和方法論。及至之後到來的拉美作家轟轟隆隆、羣星陣陣的作家和作品，任你怎樣用「魔幻主義」去解說，可歸根結底的，也還是不真之真的量的不同和可以讓讀者更為接受的不真之真在敘述上的差異性，是一種如何更清晰地表達不真之真的方法與思維。

真和不真是根本，表達不真之真的不同才是方法或主義。

原來數千年文學的內脈線，無論怎樣的發展、變化、爭吵、創造和經典與淘洗，並不是我們永遠掛在嘴上的故事、人物、方法和思想，而是一個階段又一個階段萬變不離其宗的生命真實觀和對人與世界的真實性，在不同經驗下的不真之真的表述與寫作。

所有的故事都是通往真實性的不同的路。

所有的人物都是作家心中那個生命真實性最有力的證據之核心。

所有變化的文學思維，都是對真實性不一樣的表述和實踐。

文學中唯有真實和真實性，才是文學之圓心。才是小說之信仰。其餘所有被作家、論家、讀者談及的寫作要素都是圍繞着這個圓心、信仰旋轉的審美和組成。

而在真實性的這個文學圓心上，除了我們經常理解的經驗真實外，還有非經驗真實的可能之真、不可驗證之真和虛構中的不真之真在。且不真之真是和經驗之真平行貫穿在整個人類的文學史，自古至今都和經驗真實並駕齊驅地旋轉在真實性給定的文學軌道上，只不過到了 19 世紀經驗之真離真實性這個圓心更近更為權重位高些；到了 20 世紀後，主義之旗林立花開時，不真之真更為權重位高些，更凸現出它與真實性的親密和族同。由此去回望 20 世紀文學的真實性和不真之真在文學中風生水起的樣貌時，在文學與藝術的各種浪潮被時間之手推去抹平後，回望在不真之真的瞭望口，那可思慮和體會的，不免讓寫作的我們感到有一絲意外和心寒，就像自己的種子被他人各取所需後，在別家的土地上，有了纍纍的花開和碩果，而自家在秋後入倉時，盤點收穫的份額和品質，才隱隱發現別家的收穫遠都大於自家收穫的成色和別樣。

20 世紀的文學與藝術，說起來最具別意和創造的關鍵字，大約就是荒誕、異化和超現實。而這些關鍵字的根源大家都會順藤摸瓜到卡夫卡和他的作品裏，如別意創造集大成的畫家畢卡索，如真正給戲劇帶來顛覆性變化的貝克特、尤涅斯庫和品特等，他們顛覆創造的根源繞繞或彎彎，都可找到卡夫卡，都給 20 世紀的繪畫史和戲劇史，留下了耀眼的璀璨和別作，然而由此去溯源 20 世紀文學時，那些聲稱和卡夫卡的寫作有着直接聯繫的，在其小說作品上，卻不能如貝克特的《等待戈多》、《開心的日子》、《終局》和尤涅斯庫的《椅子》、《禿頭歌女》、《犀牛》及品特的《房間》、《送菜升降機》和《生日晚會》等戲劇，都與卡夫卡的精魂分不開。如果把卡夫卡的小說視為 20 世紀文學與藝術的種子庫，上述的劇作和畫家，都使這種子結出了巨大之碩果，並另立門戶讓自己的作品也成為了新門戶的種子庫。相比這些畫家和劇作家，倒是文學內部和卡夫卡有着密不可分的作家們，如加繆、納博科夫、博爾赫斯、卡爾維諾、馬爾克斯等，每個作家的作品都和卡夫卡有着千絲萬縷之聯繫，但又似乎給文學帶來的變化，都不如貝克特之於戲劇、畢卡索之於繪畫那樣具有顛覆性。

貝克特的創造多多少少意源卡夫卡，但他給 20 世紀帶來的戲劇之變卻是如同原爆樣。

畢卡索的繪畫爆炸引線也源於卡夫卡，然而那爆炸，卻如同是畢卡索自身所有的引線和硫磺。

為甚麼在小說家的隊伍裏，那些有源自卡夫卡的作家和作品，在卡夫卡之後再無卡夫卡、貝克特、畢卡索這樣帶有顛覆的影響和變化？這除了繪畫和戲劇，從本質上說和小說不是一個門類外 —— 他們在屬於他們門戶內，都完成了原爆性的創造和作品，而卡夫卡之後那些源自卡夫卡的小說家，表面看都多少有些二爆和餘震感，似乎沒有顛覆寫作的原爆性。為甚麼會是這結果？我想最根本實質的，還是在文學的真實性和不真之真的約束上，後來的小說家們沒有如貝克特、尤涅斯庫和畢卡索那樣的勇氣和膽魄，可以義無反顧地砸了自家門戶的框束而狂野。

那些畫家和劇作家，相信有一種真實是可以平地起樓而創造的。而小說家則以為，真實只是真實，真實性只是真實性。這些真實和真實性，可以創造但永遠要和真實的經驗相聯繫。譬如日常經驗中的等待 —— 我們等人或等待公共汽車時，是必有生活的緣由、站坐和狀態的，但到了《等待戈多》中，就和這些生活緣由幾無瓜葛了。在《等待戈多》中，不真之真是建立在可感可見的「不真」上，如《變形記》的故事無論多偉大，也必須建立在格里高爾一定要首先變為甲蟲的「不真」上。在不真之真的這一點，貝克特和畢卡索，首先要讓觀眾、讀者看到的是「大不真」，之後再說觀眾和讀者，從這不真上，漸次體味（或者無體味）內在的真。而小說家在落筆講述故事時，首先想到的是，要讓讀者感到真，其次再說讀者感受到的不真和不真中的真。

在 20 世紀不真之真的小說中，除卻卡夫卡，我們可以扳着手指地說出舒爾茨、埃梅、卡爾維諾和馬爾克斯的《巨翅老人》等，可將這為數不多的作家和作品，理解為他們有些故事是完整地建立在不真之真上的真，如埃梅的《穿牆越壁》和馬爾克斯的《巨翅老人》樣，而其更多、更重要的作品，都依然還是建立在真和真實上的不真之真之寫作。對此我們可以更清楚地去比較尤涅斯庫、貝克特、品特和畢卡索，他們最重要的作品都是直接建立在不真上的真。而 20 世紀的小說家，除卻那些依然在現實主義道路上進行改良性拉車前行的作家們，和在無可驗證之真的領域自由挪騰的作家們，凡在不真之真路道上摸索探求的，都還依然地堅守文學固有的真實和真實性，走踏着真實→真實性→不真之真的路。他們和那些藝術家、劇作家的差別分野是：後者在他們的重要作品上，走的是從不真開始而至可體味的真實上；而前者，從來不讓他們最重要的作品，超越和疏離文學性中最根固的真實和真實性。

具體開門見山地說，在其他藝術門類裏，那些經典的大家們，是從一目可見的不真和大不真處落筆而險行在不真之真的路道上。而卡夫卡之後的小說家，因為文學的本質所決定，從未真正有過從不真或大不真開始的遠行和終止。即便偶爾在短篇中有着嘗試探腳後，也就依着自己的醒悟又把寫作收回到了從真實再到不真之真的路道上，而非一開始就從不真起腳走到不真之真的終點站。

將深藏在讀者——至少是中國讀者內心的疑惑，妄為地說出不知是不是野蠻和無知。如果是這樣，我就是那個丑角和最無知的人：格里高爾一夜間變成甲蟲和一個人可以在寒冷中騎着鐵桶飛在空中去買煤，並不是真實也不具文學中的真實性，只是那個變成甲蟲的人——蟲——和他周圍的人之關係的真實之描寫，彌補、喚醒了故事內部和讀者內心的一種真實體驗感。接下來的問題是，為甚麼古人可以在故事中讓非人的人——如神、鬼、仙、妖與死屍，化而為人和人世間的物，而我們在閱讀故事時，並不對此產生信疑、質詢和批評。而今天，當一個作家再在故事中讓人變成甲蟲（卡夫卡）、蟑螂、樑蛇（舒爾茨）、鳥雀（卡爾維諾）和穿牆過壁的空氣（埃梅）時，這種閱讀中的非真感，就像魚刺樣卡在了讀者喉嚨內。

為甚麼？

因為時間和科學。

因為生活的經驗和常識。

因為在遠古，人們對世界真實的認知，是從生活經驗上相信神、鬼、妖、異本來就是人類真實生活的一部分，只不過人是生活在看得見的空間裏，神、鬼、妖、異是生活在人所不見、但在精神上可以感知的另外一個空間內。然而時間把科學和認知的無限拓寬帶給我們了。我們把過去相信的生活中的不真之真視為神話、傳說和生活經驗的寓言了。所以在現代生活裏，當文學被現實主義可體驗、感知的經驗真實淘洗後，讀者對不真之真保持着前所未有的警惕心，從而真實——可感知、體驗的真實，成了作家、讀者、論者內心對文學核心的共識後，人們對故事中人可為蟲、蝶、雀、物的非人之人，便不會再有古往讀者和聽眾，對神、仙、魂、妖可以為人的信任了。「信」——不僅是讀者對作家寫作最起碼的要求和標準，而由此產生的作家對作品賦予的真實感和真實性——取信於讀者，就成了讀者賦予作家最起碼的要求和資質。這，大約就是在 20 世紀文學中，幾乎少有作家的寫作，是如貝克特、畢卡索樣可以從作品落筆始，就把「不真」的門窗推開在讀者、觀者之目下，讓你從這不真中望出去，感受（或者無感受）那種不真之真在，那種大不真中隱含的精神之真在。

另外一方面，繪畫和戲劇、舞台所特有的對時間、空間、戲劇性的「一目了然」性，決定着這些畫家和劇作家，可以義無反顧地進行顛覆性的創造和嘗試。而讀者，面對小說的字字句句之線伸式的閱讀，沒有了這種一目了然性——必須由字、詞、句子組成的線性之審美，而非繪畫的「一目了然」和舞台在一定時間內的空間觀賞之審美。這種線性審美可以在閱讀的時間上，延長到半天、全天、一週或一月，甚或在那字、詞、句子、段落、章節排列組成的故事裏，讀者可以今年閱讀一本書的上半部，明年閱讀下半部，甚或前半生閱讀一部分，後半生閱讀另外一部分。然而在繪畫中，你「一眼」看完就是看完了，再看第二眼或者第三眼，那就是第二遍或者第三遍。讀者可以在一幅畫前幾分鐘閱讀上百遍；可以在舞台規定時間內，看或者不看一台戲，但你若想要觀看第二遍或者第三遍，那卻不是你可以把一本書拿走或放下樣自己決定的。正是這種物理時間上的線型審美和在一定（規定）時間內的空間「一目性」，決定了讀者或觀眾，可以接受和包容繪畫、戲劇與電影建立在不真上的不真之真之藝術，而難以接受文學在語言藝術上有超越那種「時間度」的不真之創作。我們可以想像一個觀眾不接受一台戲，但他可以安靜地在台下看完一台戲。但無法想像一個讀者反對、厭煩一部小說時，而可以用一天、幾天、半月、一月的時間看完那部書 —— 除非那個讀者是為了論戰的批評家。也正是從這個角度說，就不真之真論，小說門類中的短篇遠比長篇更豐富，因為作家可以在短製上，去嘗試創作那種來之不真的真，而很少會在長篇上去承擔這種風險和努力。也因此，我們看到許多別樣 —— 一整完全地建立在不真上的不真之真之寫作，多都是在作家創造中的短製內，而非長篇小說裏。

比起其他作家在中國的影響力，1918 年生於墨西哥的作家阿雷奧拉，幾乎可以用「無名」來形容。在叢林繁茂的中譯小說裏，至今可以找到他的作品僅為一個短篇《扳道夫》。專家對這一短篇的推薦說：「阿雷奧拉富於想像，常採用魔幻現實主義手法，即把生活的現實和虛無縹緲的幻想巧妙地結合在一起，來達到隱喻人生、諷刺社會的目的。」[38] 就《扳道夫》這一巧思短製、妙意橫生的小說言，無論是魔幻、荒誕或者超現實，說到底它都是完全建立在不真之真上的寫作和創造：

一個外國人趕到這冷冷清清的車站已經上氣不接下氣。那隻誰都不願意替他扛的大箱子，可把他累得夠嗆。他掏出手帕擦了擦臉上的汗水，手搭涼棚瞭望引伸到地平線那裏的兩根鐵軌。歎了口氣，又看了看手錶，若有所思地呆在那裏，火車該是出站的時候了。

不知道從哪兒鑽出這麼個人來，在他後脊樑上拍了一下。外國人回過身來，看見眼前站着個小老頭，

38〔墨〕阿雷奧拉：《扳道夫》，收錄於《外國現代派作品選》（第三冊・上），袁可嘉等選編，林一安譯，上海譯文出版社，1980 年 10 月，第 398 頁。

瞧他的外表，像是個閒着沒事兒幹的路工，手裏提着個紅燈，那麼小巧玲瓏，像個玩具似的。他滿臉帶笑地望着外國旅客。這當兒，外國人焦急地問他：

「借個光，火車開走了嗎？」

「您來此地的時間不長吧？」

「我要馬上離開這兒，明天得趕到T城。」

「看來，您對這裏的情況一無所知。您現在馬上該做的事去找個旅店住下。」他指了指一座灰色樓房，蓋得模樣挺怪，活像個兵營。

「不過，我根本不想住下，只想坐上火車趕路。」

「您快去租個房間吧，要是能租上，就租它一個月，價錢可以便宜多些，照顧也會更周到。」

「您瘋啦？我明天就得趕到T城。」

「乾脆和您挑明了，您就甭抱這種指望了。不過，我還得把情況告訴您。」

「那麼請吧。」[39]

39 同前，第398－399頁

小說故事在這兒藉助對話真正開始了。扳道夫開始滔滔不絕地講這個國家名聞遐邇的火

車和鐵路。說在火車鐵路上，做得最好的是印刷《火車乘坐指南》這本書。旅客從書上看，鐵路已經把這個國家的每個鄉村都連成了網，但唯一的缺點是，火車並不遵照指南上的線路行走和停站。故事的地基完全建立在虛構的「不真」上 —— 不是誇張、幽默和諷刺，而是肅嚴之不真。扳道夫告訴這位外國旅客道，說不準有沒有火車從這站上走，雖然你已經買過了火車票，但要碰得巧，你也是可能坐上火車的。繼而他又告訴這位旅客道：「出於為公民服務的熱忱，（鐵路）公司竟採取了一些意想不到的措施，讓火車跑遍那些根本未通的地方。這些遠征列車在路上，一趟就是幾年，旅客的生活在車上經歷了很大的變化，死在路上也並不奇怪。這，公司早就意料到了。為此，在每列車的後面掛上了一輛教堂車廂和一輛存屍車廂。」[40]

---

40 同前，第 400 頁。

《扳道夫》翻譯為中文，僅有五千餘字，小說自始至終都是寫這種建立在不真上的真（或不真），如火車可以在一根鐵軌上爬行；可以在埋了車輪的沙地裏行走；有旅客在火車上彼此建立了友誼，於是雙方結婚生子，緣此一個新的村莊在鐵軌的末端出現了。

在我們的小說閱讀裏，再難相遇有《扳道夫》這樣的「不真」寫作了。而今天，無論讀者從這個短篇中，讀到的是不真之真之寫作，還是如論家的薦語說的諷喻、魔幻和誇張，但就故事完整的頭尾、經過言，這篇小說的故事，都是起根建立在大不真上的書寫和講述，而非建立在真實之上的不真之真之書寫。

當代文學中的不真之真

如一切的翻譯，都是為了當下閱讀和寫作樣，對 20 世紀文學中不真之真的梳理和淘洗，也讓我們想到當下寫作的得缺和有無。將盯在他人身上的目光收回來，這也才有些愕然、驚異地感覺到，當我們說整個 20 世紀的寫作，都伴隨着無可驗證之真和不真之真時，以為我們用幾十年的時間，把整個 20 世紀的文學經驗都吸納借鑒到了中國文學內，可將收回的目光落在我們自己寫作的文本上，這才發現在百年來的文學中 —— 自現代魯迅的《故事新編》後，我們是幾乎絕斷了不真之真這脈寫作的。甚至連不真之真的一粒短篇也少有。連無可驗證之真的嘗試也是少而又少之。

是緣此我們才覺得魯迅的《鑄劍》不凡嗎？

在我們的現代文學中，沒有不真之真和無可驗證之真是深可理解的，因為那時候，現代文學剛從古典文學中脫出來，現實主義在中國剛剛開始和成長。1949 年後的蘇聯社會主義的現實主義，又如雷雨一樣轟鳴在中國文學的壤土上。一切都剛剛開始。一切都是新生而蓬勃。一切都可以理解並一切都是必然的。然而在新時期後數十年蓬生勃勃的作家和文學裏，忽然發現我們沒有一篇完全的不真之真和無可驗證之真之寫作 —— 而非小說故事內的某個情節和細節 —— 還是讓人覺得錯愕和意外。這宛若在世界體育裏，我們在許多項目中，都有一比高低的選手後，驀然回首卻發現，在最重要的足球、田徑項目裏，我們還是空白和弱項。更何況，我們的文學並不比體育在世界上更為令人關注有進取，儘管當代作家每天都在嘲笑足球和在田徑道上跑着的人。

《鑄劍》和一整完全的《故事新編》，竟然成了中國現當代文學中不真之真和無可驗證之真的絕響和斷橋。而將《故事新編》如實地視為無非魯迅「敘事有時也有一點舊書上的根據，有時卻不過信口開河。而且因為自己的對於古人，不及對於今人的誠敬，所以仍不免時有油滑之處」[41]——之寫作，說中國文學現代的不真之真和無可驗證之真還未開始，大約也是不無道理吧。

對於今天老少一片的寫作者，面對這百年寫作的空和白，我們真可謂任重而道遠，路漫漫其修遠兮。

---

41 魯迅：《故事新編：序言》，收錄於《魯迅經典全集》（小說卷），第 288 頁。

第三章

超真之真與反真實

超真之真與反真實

第三章
超真之真與反真實

超真之真

超真之真可以稱為超真實，但它不是我們統常說的超現實。它們二者在可感可行的真實層面上，是有着根本差別的。這差別就是超現實是模糊籠統的，龐雜凌亂的。它站在現實主義的基礎上，凡超越現實主義的一是一和二是二，乃至與經驗真實有所反動的，多都可以稱為超現實。《鑄劍》可以稱為超現實。《聊齋志異》也可以稱為超現實。荒誕文學可以稱為超現實。未來主義、象徵主義、魔幻寫作都可以稱為超現實，乃至於把烏托邦寫作與希臘、羅馬神話故事及今日愈響愈隆的科幻小說，也都可歸位於超現實的巨大筐箱內。

《聖經》其實也是超現實。人類所有宗教的經典——凡與神和神跡相連的，都是超現實的寫作和文學。於是，人類文學就只有兩種了：現實文學和超現實。倘若還有第三種，就是現實和超現實交叉混合那一種。

而這兒，我說的超真之真是有具體所指的。

《閱微草堂筆記》第八卷有一則故事說：

> 伊犁城中無井，皆出汲於河。一佐領曰：「戈壁皆積沙無水，故草木不生，今城中多老樹，苟其下無水，樹安得活？」乃拔木就根下鑿井，果皆得泉，特汲須修綆耳。知古稱雍州土厚水深，灼然不謬。[42]

《我彌留之際》中，多半的人物都是故事敘述者，而在塔爾的敘述中，則講到母親死後，情智不十分健全的兒子瓦達曼，怕死去的母親呼吸困難，不斷地替母親把屋裏的窗子打開。母親被安放在棺材中，棺材蓋上釘了許多釘子，瓦達曼擔心母親在棺材裏躺着太憋氣，便夜裏去給棺材蓋上打了許多孔。「最後一個洞裏還插着卡什的新螺絲鑽，鑽頭已經斷了。他們把（棺材）蓋子打開，發現有兩個洞，鑽頭一直

42 紀昀：《閱微草堂筆記》，華夏出版社，1995 年 7 月，第 158 頁。

鑽到她（母親）的臉上。」[43]

品特的劇作《送菜升降機》中，班和格斯二人同為英國的底層人物，但彼此二人又有地位之差別，當他們同住進一間地下室裏時，經過了各種煮茶燒水、睡覺醒來的庸長對話後：

（兩牀之間凸出的牆裏發出呀嚓呀嚓的巨大響聲，有甚麼東西降下來。他們抓起各自的手槍，跳起來，面對着牆。聲音停止。靜場。他們對視，班狠狠地對着牆做了一個手勢。格斯慢慢地走近牆。他用手槍敲着牆。牆是空的。班向他的牀頭走去，他的槍的扳機打開着。格斯把槍放到自己牀上，輕輕拍打中間護牆的底部。他發現一個縫隙。他掀起護牆板。出現了一個送菜升降機，也就是「啞巴侍者」。有隻大箱子，用滑輪吊着。）

43〔美〕威廉・福克納：《我彌留之際》，李文俊譯，灕江出版社，1990 年 11 月，第 53 頁。

格斯朝箱子裏張望。他從中拿出一張紙。

班：這是甚麼？

格斯：你來看看。

班：唸唸。

格斯（唸）：兩杯茶，不加糖。

班：唔——

格斯：你怎麼看？

班：嗯——

（箱子上升。班用手槍瞄準。）

格斯：給我們一個機會！他們很着急，是不是？

（班重新看一遍紙條。格斯從他肩上探頭來看。）

格斯：這有點兒——有點兒可笑，是不是？

班（迅速地）：不，這不可笑。這兒過去也許是家咖啡館，就是這麼回事。樓上。這種地方轉身很快。

格斯：一家咖啡館？

班：是的。

格斯：甚麼，你說這兒原來是廚房？

班：是的，這種地方一夜之間就轉了手。停業清理。開咖啡館的人，你要知道，他們發現生意不好，就搬走了。

格斯：你是說，開咖啡館的人發現生意不好搬走了？

班：一點不錯。

格斯：那麼，現在到誰的手裏了？

班：你說甚麼，現在到誰的手裏了？

格斯：現在到誰的手裏了，要是他們搬走了，那誰搬來了？

班：嗯，那就得看——

（箱子呀嚓呀嚓地降下來，砰地一聲落地。班抬起槍口。格斯向箱子走去，取出一張紙。）

格斯（唸）：當天的湯。肝和洋蔥。果醬餅。[44]

在新疆的沙漠中，因為伊犁城內有大樹生長，緣此拔掉大樹，順着樹根往下挖，於是挖出了無盡的泉水來。沙漠無

44〔英〕哈樂德・品特：《送菜升降機》，華明譯，譯林出版社，2010 年 9 月，第 163－165 頁。

水，這是一種生活經驗之真實。但沿着大樹的樹根朝下挖，也就順理成章挖出了井，這是另外一種經驗之經驗，真實之真實。是日常經驗上的再經驗和日常真實上的再真實，乃至是一種現實主義下的現實主義 —— 神實主義吧。而一個死了母親的兒子，為了讓死去的母親還有可呼吸的空氣流到她的屋子裏，在死者臉部上方用鐵鑽在棺材蓋板上，鑽出許多孔，結果還有鐵鑽鑽到了母親的臉上去。福克納也真能想出來，為了讓讀者相信這一細節的真實性，他讓這一事情發生在了智力不太正常的兒子瓦達曼的身上去。而我們在閱讀這一細節時，感到的不是瓦達曼的智力正常不正常，而是這一細節所包含的一種超真實 —— 超真之真之真實。是兒子對母親的銘心之愛和他對母親之死的不可接受與不相信。讓死去的母親鼻前有空氣，呼吸時候不憋氣，真實得比母親死了不能繼續呼吸還真實 —— 在這個真實上，福克納寫出了一種絕絕然然的超真之真來。在相當程度上，《我彌留之際》的整個故事 —— 母親艾迪・本德倫死後要埋回四十英里外的娘家去，在這次行葬的過程中，大水差點沖走了棺材；大火差點焚化了遺體；屍臭招來了一羣羣的禿鷲。整個的送葬過程，都在經驗的真實上，充滿着超越真實的超真實——不是誇張和傳奇，是肅嚴板正的超越經驗真實的經驗之真實。這種超真之真之真實，是通過人類的倫理情感完成的一種超越了經驗真實的再真實。

總覺得哈樂德・品特，在觀眾對經驗真實的接受和藝術探求的遠行矛盾上，找到了一種屬於他的平衡術——故事真實之後再真實的邏輯思維法。他如拉美作家的寫作法——從歐洲某些小說為了新異的主義而探求（如法國新小說）的前腳朝回收一步，使得拉美文學真正和拉美的歷史與文化，無縫地對接在一起。而品特的戲劇自《房間》後，其故事都從貝克特和尤涅斯庫那兒向觀眾所能接受的經驗真實回收了一步半步來，如此自《生日晚會》、《送菜升降機》到《看門人》和《回家》等，在他的劇作故事裏，台前的都是觀眾所熟悉的煮茶、睡覺、讀報、閒聊和對日常經驗的重複和強調，而在這日常經驗的真實後，又潛藏着來路不明的恐懼、危險及從不直言的焦慮和不安。這構成了品特戲劇內在的前幕和後幕，前台和後台，真實和超真之真之真實。而在他戲劇超真實的台前和幕後，《送菜升降機》中的超真實，則更接近生活本身之超真實。在劇（故事）之開始後，觀眾（讀者）對班和格斯庸常、細碎的日常真實感到有些厭時，「兩牀之間凸出的牆裏發出的巨大響聲，有甚麼東西降下來。」接着牆壁裏出現了送菜升降機。升降機中的紙條上，寫着「兩杯茶，不加糖」。之後這不斷在吱呀聲中降下來的升降機，再一、再二地送來紙條和字跡：「當天的湯。肝和洋蔥。果醬餅。」「分層通心粉。雞肉麪條。」接着有了格斯朝升降機口上的喊：「三塊麥克維提餅乾！一包紅標萊昂茶！一袋史密斯炸土豆片！一塊葡萄乾餡餅！一塊水果加堅果巧克力！」[45] 真實得和經驗中樓上樓下的點菜送菜樣。然而在這經驗真實裏，品特告訴觀眾（讀者）的這種真實是，這間地下室，原來可能是家咖啡館，可能是廚房，而樓上坐的正是客人們，只不過原來咖啡館的主人可能因為賠錢搬走了。那麼問題也就在這兒出現了 —— 咖啡館的主人是甚麼時候搬走的？以致使班和格斯到了這間地下室，已經看不

45 同前，第 189 頁。

出這兒曾經是咖啡館的廚房了。老主顧搬走了，新主顧到底是何人？從樓上把哢嚓哢嚓的升降機繫下來要這要那的又是誰？是一場遊戲還是樓上的客人，當真通過升降機在點菜要東西？這地下室的班和格斯，又為何藏在這兒呢？他們身上都有槍，並又有着無法掩蓋的驚慌和不安，他們到底做過甚麼才要這樣兒？品特在《送菜升降機》的故事中，對這些沒有絲毫的交待和說明。他把這些疑問都留給了觀眾和讀者。而當我們以通常的文學方式理解為這是品特故事的開放意義時，這也正是品特在真實生活的經驗上，絕妙地完成了遵循生活經驗的超經驗，遵循生活經驗真實的超真實。

——是一種超真之真在。

品特不讓超真實的寫作超越生活經驗的樣本而存在，正如意大利作家馬利涅蒂（1876—1944）[46]的短劇《他們來了》中的椅子，可以超越經驗自己在舞台上排成行列魔術般地行走和運動；如尤涅斯庫《新房客》中的家具，多到必須

46 馬利涅蒂：Filippo Marinetti，《他們來了》為其短劇代表作，對後來世界的劇作有相當影響。

把房間的頂蓋移開才可以把家具堆擺在屋子裏，從而使家具（物）把主人（人）的位置都給擠佔掉，使超真實失去真實的樣貌經驗而存在。

《送菜升降機》中的超真之真實，不僅建立在經驗真實上，而且超真實的表現，也完全和經驗真實樣。讓超真之真的樣貌、規範和輪廓，幾乎完全如同生活經驗的真實樣，這是品特的戲劇作為小說閱讀時，最為含蓄而驚人的超真之真的獨有和貢獻。

現代小說中的超真之真

並非小說寫作中，超真之真就輸於舞台和戲劇，而是小說的真實本性決定了這超真之真的一脈之探求，一定不會如舞台上的表演樣，醒目而了然。拉開小說和劇本彼此故事的帷幔看，二者超真之真的呈現是大相異趣的。劇作中的超真之真實，除卻作家在故事中的提供外，最終還有演員、道具、燈光和觀眾的想像共同來完成，是一樁「三個皮匠勝諸葛」的事。而小說中的超真實，除卻作家的語言外，就只有讀者合配着的想像了，所以小說中的超真之真實，更依賴作家的敘述和作家與讀者在同一軌道上的想像力。就海勒的《第二十二條軍規》言，那些在第二次世界大戰中為人類正義而飛行戰鬥的美軍飛行員，經常會從戰場上駕駛着飛機調轉機向飛到別的城市去，他們在那個城市吃飯、飲酒或嫖妓。這是美國空軍的真實經驗嗎？對於讀者言，這絕然是虛構。怎麼可能會這樣？在經驗真實的壞土上，讀者不會去文學真實的法庭上，舉報求證這些是「假」的——因為它是20世紀文學中的超真之真實。是完全地建立在生活經驗上的超真之真的生活和經驗。為了大發戰爭財，在《第二十二條軍規》第二十二章「邁洛市長」裏，作家把這種和生活經驗一樣的超真之真實，寫得自由、淋漓而酣暢。「他（奧爾）曾經同邁洛和尤索林一塊兒被送到開羅去度假，並要他們裝些雞蛋回來，可邁洛卻買了棉花。他在破曉時起飛前經伊斯坦布爾，飛機上滿載着外國蜘蛛和半生不熟的紅香蕉。」[47]

47〔美〕約瑟夫・海勒：《第二十二條軍規》，南文等譯，內蒙古文化出版社，1995年11月，第297頁。

這實在和《送菜升降機》中建立在真實經驗上的超真之真的真實經驗太像了，異曲同工，雙徑合匯，如同兩個孩子在「剪剪、包包、錘」的遊戲中，都深思熟慮後，突然的呈現，總是一樣的手掌、指剪或錘拳。「他們下了飛機，發現那個年僅十歲、專替妓女拉客的鬼精靈抽着雪茄，和那兩個十二歲的處女姐姐在市區一家旅館門口等候他們。」[48] 然後是一夜的淫亂、荒唐和可笑，在來日離開後，「當他們到達機場準備飛往馬爾他時，飛機的炸彈艙、後艙和尾艙，以及炮塔射手座艙的大部分地方統統都裝滿了鷹嘴豆。」[49] 為甚麼往日我們從這些被譽為「黑色幽默」的小說裏，如索爾・貝婁、湯瑪斯・品欽、約翰・巴思、馮內古特的小說中，讀到這樣的情節和細節，都說他們是誇張和荒誕，甚或用滑稽的目光去評說和判斷？而不認為這些正是小說中建立在生活經驗真實上的超真之真呢？

是超真實又是最本質經驗之真實。

48 同前。

49 同前，第 299 頁。

由此去讀波蘭作家姆羅熱克（1930—2013）的《簡短，但完整的故事》[50]小說集——這部路經譯橋到達中國的妙作來得實在太晚了。我想他若是在上世紀被送到中國讀者的手裏和作家們的書桌上，不知中國文學會因它產生怎樣的驚訝和影響，從而使姆羅熱克成為海勒、席勒那樣在中國文學中炙手可熱的人。在《簡短，但完整的故事》裏，倘若說誇張，可能再也難有比姆羅熱克的寫作更為誇張了，但視其為真實，卻再也沒有如此這般的真實了。在現代商業世界裏，一個商店進貨時，竟然運來了四百件16世紀的半身鎧甲，而且最後這些鎧甲卻成了最暢銷的緊俏貨（《實用的半身鎧甲》）。一個姑娘出嫁時，她的父親給她的陪嫁是一個發電廠和六項生物化學領域的研究專利。而在這婚禮過程中，婚禮的儀式是對新娘進行電解質處理後，再把她和新郎一道送入低壓室的洞房裏（《在阿托密采的婚禮》）。對整個《簡短，但完整的故事》之閱讀，因為所謂的荒誕、誇張而帶來

50〔波蘭〕姆羅熱克：《簡短，但完整的故事》，茅銀輝、方晨譯，花城出版社，2018年8月。

的笑，始終如影隨形地伴着讀者的愉悅和情緒，然在停頓或者合上書頁後，那種伴隨着生活真實的超真實 —— 超真之真實，卻又會深深地印刻在讀者頭腦中。把閱讀退回到《送菜升降機》，其超真之真實，是在現實經驗真實上產生的如經驗一樣的超真之真實；《第二十二條軍規》中的超真之真實，是建立在經驗和超經驗上的超真之真實；而《簡短，但完整的故事》中的許多超真之真實，則是建立在超經驗想像上的超真之真實。毋需討論這三種超真之真的來源差別與其所帶來的閱讀感受之差異，以及讀者對文學真實性的考量之不同，但面對《送菜升降機》那樣的超真之真實，讀者不會發笑，不會用誇張、荒誕去評說海勒一樣評說這位肅嚴不安的劇作家。而面對《簡短，但完整的故事》，也一樣不會用誇張、滑稽去評說姆羅熱克樣，去評說海勒和他的《第二十二條軍規》中的超真之真實。

面對不同的超真之真實，閱讀的感受和態度，作家們肅嚴、荒誕和滑稽上的差異性，表面是這些作家的不同故事帶來的，而其實質上，是作家面對現實世界的不同立場和態度決定的。這種來自文本道德的差別，彷彿緣於文本道德表面的風格和主義，而其最終說到底，還是作家面對他所處的現實與歷史的世界觀。在《簡短，但真實的故事》裏，其中篇《在磨坊，在磨坊，我的好主人》，也許是姆羅熱克更值得閱讀、體味之寫作，因為在這個故事裏，超真之真依然在，但我們再也不會覺得誇張和滑稽，反倒覺得姆羅熱克的莊嚴和肅正。同一個作家的同一支筆，在超真之真上，使得《在磨坊，在磨坊，我的好主人》，有了完全不同的結果和意義。為甚麼？因為在這部中篇寫作裏，那種超真之真實，即：超出真實的那部分真實，也回歸並建立在了生活經驗的真實上，而非基建在虛構的不真之真的想像上。

想到阿根廷女作家薩曼塔・施維伯林的小說集《吃鳥的女孩》，其中《吃鳥的女孩》和《蝴蝶》等短篇，可謂超真之真的又一種形類的傷哀典例和範本。在生活經驗的真實上，她為超真之真的更真實，又提供了一種新的寫作和可能。緣此去回讀她的先輩作家柯塔薩爾那篇情深哀意的短篇《被佔據的住宅》時，才感受到小說所描述的那對獨身不婚的兄妹，他們長期共同住在一所深宅大院的生活，而最後不知何故，又不得不離開這宅院——原來這故事，也同樣是一種不真之真之寫作，但卻又是一種完全建立在生活經驗上的超經驗和超真之真實。由此去回想，面對 20 世紀文學中舉不勝舉的超真之真實，凝目溯望時，不免會使我們有些茫然、失意地問自己，為甚麼我們的寫作中，沒有這種超真之真實？為甚麼超真之真之寫作，多在戲劇和小說中的短篇裏？而長篇卻甚少有這樣更成功的寫作和嘗試？尤其更值得思味的，是在 20 世紀小說如此活躍而碩果纍纍的成就裏，超真之真實，並沒有引導後來文學的走向與作家之寫作。且就小說言，比之 20 世紀戲劇中呈現的超真之真實，也委實沒有那樣有雷雨之勢的小說留下來。

反真實

反真實最典型的例子是《禿頭歌女》中的「馬丁夫婦」。這對夫婦，他們偶然相遇後，形同陌人，互不相識，彼此面對面談了許久才弄清楚，他倆是同乘一趟火車，從同一個地方到來，又同住一條街、一幢樓、同在一個間房內，且同睡一張牀，彼此還有共同的孩子——啊呀呀，原來他們是夫妻！！

在整個文學作品的閱讀中，如果說有哪些故事中的「真實」，會隕石一樣轟隆隆砸在我頭上，那也就是《禿頭歌女》中這則故事中的真實了。

三十多年前，不知在哪見到了那套曾經讓中國作家興奮不已的《外國現代派作品選》，從中讀到這不足百言的故事介紹後，我完全被這故事驚呆了，當真若一塊巨大的隕石飛落在了我頭上。

我想這也叫故事！

我想這才是真真正正的故事哪！

我從此記住了那個叫尤涅斯庫的人，記住了叫《禿頭歌女》的故事名——而非劇作名。且自讀到這則故事後，我從此記住了尤涅斯克、貝克特和那本書上介紹的另外的法國作家阿達莫夫、英國作家哈樂德·品特，美國作家渦比，阿根廷的庫賽尼等。他們對我來說都不是劇作家，而是用劇之形式寫作的小說家。自此後我們彼此相識，念念不忘。我的頭腦中塞滿了他們講的劇故事。尤其在《禿頭歌女》中，馬丁夫婦的故事裏那種被我視為真實中的「反真實」——我被這反真實的真實之隕石，砸得頭破血流，啞口無言，甚至連尤涅斯庫的名作《新房客》，看了都覺得不如馬丁夫婦的故事好。

世界上哪兒還有比這更好的文學故事呢。

之後在相當長的歲月裏，我在獨自相處時，總是莫名地去想如果我把馬丁夫婦這則故事寫成小說時，我該如何面對故事中看不見的邏輯而讓讀者覺得真實呢？如讓讀者面對海面之冰光，就可看到大海底部「八分之七」的冰山甚或大海底部的山脈起伏呢？

我曾經千百遍地去思考馬丁夫婦故事中的真實和真實性，像對我小說中關於真實的信仰產生了懷疑樣，緣此擔心有一天，突然看見了神而發現神明原來也是人，因此就永遠閃躲着，有意不去找尋《禿頭歌女》的完整劇本讀。擔心讀之會使這反真實中的真實轟然塌下來。或在這反真實的故事裏，文學的真實和真實性，結實、完美得如磚石地基樣，使我們日後面對千姿百態的文學真實無路走。今天倘若不是為了寫作這本薄頁書，我將依然不會去尋讀《禿頭歌女》的劇作和故事。

《禿頭歌女》第四場

（前場人物，除去瑪麗。）

（馬丁夫婦面對面坐下，不說話，相互靦腆地微笑。）

馬丁先生：（下面這段對話要用一種拖長的、平淡的聲音說，聲調有些像唱歌，但不要有任何起伏）請原諒，夫人，如果我沒弄錯的話，我好像在甚麼地方見過您。

馬丁夫人：我也是，先生，好像在甚麼地方見過您。

馬丁先生：夫人，我會不會在曼徹斯特碰巧見到過您？

馬丁夫人：這很可能。我就是曼徹斯特人！可我記不很清楚，先生，我不敢說是不是在那裏見到您的。

馬丁先生：我的天！這太奇怪了！我也是曼徹斯特人，夫人！

馬丁夫人：這太奇怪了！

馬丁先生：這太奇怪了！不過，我，夫人，我離開曼徹斯特差不多有五個星期了。

馬丁夫人：這太奇怪了！多巧啊！我也是，先生，我離開曼徹斯特差不多也五個星期了。

馬丁先生：夫人，我乘早上8點半的火車，5點差1刻到倫敦的。

馬丁夫人：這太奇怪了！太奇怪了！真巧！我乘的也是這趟車！先生！

馬丁先生：我的天，這太奇怪了！說不定，夫人，我是在火車上見到您的？

馬丁夫人：這很可能，真沒準兒，非常可能，總而言之，沒法說不！……可是，先生，我一點兒也記不起來了！

馬丁先生：我坐的是二等車，夫人。英國沒二等車，可我還是坐的二等車。

馬丁夫人：這太奇怪了，太奇怪了，真巧！先生，我坐的也是二等車。

馬丁先生：這太奇怪了！我們說不定就是在二等車廂裏碰上的，親愛的夫人！

馬丁夫人：這很可能，真沒準兒。可我記不太清楚了，親愛的先生！

馬丁先生：我的座位是在8號車廂，6號房間，夫人！

馬丁夫人：這太奇怪了！親愛的先生，我的座位也是在8號車廂6號房間呀！

馬丁先生：這太奇怪了，多巧啊！親愛的夫人，說不定我們就是在6號房間碰見的？

馬丁夫人：這很可能，不管怎麼說！可我記不起來了，親愛的先生！

馬丁先生：說實在的，夫人，我也記不起來了，可說不定我們就是在那裏見到的。如果我記得起來的話，看來這是非常可能的。

馬丁夫人：噢！真的，肯定，真的，先生！

馬丁先生：這太奇怪了！……就是3號座位，靠視窗，親愛的夫人。

馬丁夫人：噢，我的天，這太奇怪了，這太怪了，我是6號座位，靠視窗，在您對面，親愛的先生。

馬丁先生：噢，我的天，這太奇怪了，多巧啊！親愛的夫人，我們原來面對面！

馬丁夫人：這太奇怪了！這有可能，先生，可我記不起來！

馬丁先生：説真的，親愛的夫人，我也記不起來了。不過，我們很可能就是在這個場合見到的。

馬丁夫人：真的，可我一丁點也不能肯定，先生。

馬丁先生：親愛的夫人，那位請我替她把行李放到架子上，然後向我道謝，又允許我抽煙的太太，難道不是您？

馬丁夫人：是，先生，那該是我呀！這太奇怪了，多巧啊！

馬丁先生：這太奇怪了，這太怪了，多巧啊！嗯，哦，哦，夫人，我們或許就是那時候認識的吧？

馬丁夫人：這太奇怪了，真巧！親愛的先生，這很可能！不過，我覺得我還是記不起來了。

馬丁先生：夫人，我也記不起來了。

(靜場片刻。鐘敲二點又敲一點。)

馬丁先生：親愛的夫人，我來倫敦一直住在布隆菲爾特街。

馬丁夫人：這太奇怪了，這太怪了！先生，我來倫敦也一直住在布隆菲爾特街。

馬丁先生：這太奇怪了，嗯，哦，哦，親愛的夫人，我們也許就是在布隆菲爾特街遇見的。

馬丁夫人：這太奇怪了，這太怪了！無論如何，這很可能！親愛的先生，可我記不起來了。

馬丁先生：親愛的夫人，我住在19號。

馬丁夫人：這太奇怪了，親愛的先生，我也是住在19號。

馬丁先生：嗯，哦，哦，哦，哦，哦，親愛的夫人，我們也許就是在這幢房子裏見面的吧？

馬丁夫人：這很可能，親愛的先生，可我記不起來了。

馬丁先生：親愛的夫人，我的套間在6層樓，8號。

馬丁夫人：這太奇怪了，我的天，這太怪了！真巧！親愛的先生，我也住在6層樓，8號房間。

馬丁先生：（若有所思）這太奇怪了，這太奇怪了，這太奇怪了，多巧啊！您知道，我卧室有張牀。牀上蓋着一條綠色的鴨絨被。親愛的夫人，我這房間，這牀呀，綠色的鴨絨被呀，在走廊盡裏頭，在衞生間和書房中間！

馬丁夫人：太巧了，啊，我的天哪！巧極了！我的卧室也有張牀，也是蓋的一條綠色鴨絨被，也在走廊盡裏頭，親愛的先生，也在衞生間和書房中間呀！

馬丁先生：這太古怪，太奇怪，太妙了！哦，夫人，我們住在同一間房裏，睡在同一張牀上，親愛的夫人。也許就是在那兒我們遇上了？

馬丁夫人：這太奇怪了，真巧！很可能我們是在那兒遇上的，説不定就在昨天夜裏。親愛的先生，可我記不起來了。

馬丁先生：我有個小女兒，親愛的夫人，我那小女兒同我住在一起。她兩歲，金黃頭髮。她一隻白眼珠，一隻紅眼珠，她很漂亮，親愛的夫人，她叫愛麗絲。

馬丁夫人：多稀奇的巧合啊！我也有個小女兒，兩歲，一隻白眼珠，一隻紅眼珠，她很漂亮，也叫愛麗絲，親愛的先生！

馬丁先生：（依然拖腔拖調地、平淡地）這太奇怪了，太巧了，真怪！親愛的夫人，說不定我們講的就是同一個女孩啊！

馬丁夫人：這太奇怪了，親愛的先生，這很可能。

（較長時間的靜場……鐘敲二十九下。）

（馬丁先生思考多時，緩緩站起，不慌不亂地向馬丁夫人走去。馬丁先生莊嚴的神態使她大為吃驚，她也緩緩地站了起來。）

馬丁先生：（還是用那種少有的、平淡、近似唱歌的腔調）哦，親愛的夫人，我看我們肯定已經見過面了，您就是我妻子……伊莉莎白，我又找到您了！

（馬丁夫人不急不忙地向馬丁先生走去。他們擁抱，毫無表情。鐘很響地敲了一下，響得叫觀眾嚇一跳。）

（馬丁夫婦倆卻沒有聽見。）

馬丁夫人：道納爾，是你呀，寶貝兒！

（他們在同一張安樂椅上坐下，緊緊地抱在一起，睡着了。）

（鐘又敲了好幾下。瑪麗踮着腳尖，一隻手指貼在嘴唇上，悄悄地上場，轉向觀眾。）[51]

我是不是有抄襲之嫌了？

在《禿頭歌女》中，將十一場戲中的劇情當作小說或小說故事閱讀時，其第一和第四場，實在是太偉大、罕見的人世故事了。尤其第四場馬丁先生和馬丁夫人的故事可謂反人類、反家庭、反人和反真實的曠古之敘述，趕盡殺絕了作

51〔法〕尤涅斯庫：《禿頭歌女》，收錄於《荒誕派戲劇選》，高行健譯，外國文學出版社，1983 年 8 月，第 190—195 頁。

家們的想像力和真實性。當那些戲劇研究者稱其為是「反戲劇」的寫作時，將其放入人類的文學 —— 而非單單是戲劇，去看馬丁和他夫人的偶遇和再相識的故事時，它不是反戲劇和反動戲劇性，而是反動整個人類文學自古至今的真實和真實性。

反真實 —— 既反動真實和真實性，又贈人以擺不脫的真實感和真實性。這種關於真實的悖論，在三十多年前，給一個寫作者造成的真實的震懾和壓迫，並使這個作家反覆想到霍桑寫於 1835 年的《威克菲爾德》。

霍桑因為《紅字》而偉大，但因為《威克菲爾德》，則更加偉大和永恆。

《禿頭歌女》中的馬丁夫婦和《威克菲爾德》是甚麼關係呢？

是相距一百一十餘年的時間之關係。是一百一十多年後，尤涅斯庫將反真實走向了明確、徹底和決絕。從《威克菲爾德》中的威克菲爾德夫婦，到《禿頭歌女》中的馬丁夫婦，三十多年的閱讀、不安和冥想，都是為了霍桑和尤涅斯庫這兩個人。是尤涅斯庫讓我反觀認識了《威克菲爾德》真正的偉大和不凡。它們使我漸次可以從這種反真實的真實中，解放出來獲得一種釋放和坦然。意識到文學自古自今在走來的講述路道上，當路面到處都寫着「真・實・即・信・仰」的字樣時，便就可以從這個角口看到在事實→真實→真實性和可能性真實的後面，還有文學的不可驗證之真、不真之真和超真之真的文學真實後，原來還有一種真實是反真實！

反真實是超真之真的又一個層階和梯道，甚或是寫作通往真實之絕途——文學真實之地獄的又一段路程和目的地。這個建立在超真之真上的反真實，在一百多年前，它以超真之真的名義和霍桑相遇了。一百多年後，它投桃報李、遞進質變，更姓改名為反真實，進入尤涅斯庫的懷抱後，被三十七歲時的尤涅斯庫在一場驚豔美麗的夢中寫將出來了，使他成了反真實幽暗深處的哈德斯或專門引導真實和真實性走向反真實地獄的墨丘利。

如此而已吧。

大約也就如此而已吧。

一如我從未覺得「荒誕文學」的荒誕樣，也從未覺得「荒誕戲劇」有何荒誕性。我們不該把我們一時沒有理解的超真之真和反真實，用荒誕這一概念，去掩蓋它們的真實和真實性。宛若不能用一勺濁水，去遮掩我們沒有看見、發現的一眼眼的清泉樣。世界上所有的荒誕都是有內在因果緣由的。有內在因果緣由的物事都是真實而非荒誕的。無因果或無對稱因果的，才謂荒誕才為超現實。事實上，一個世紀來，文學中我們說的許多荒誕都不是真荒誕，而是超真之真或反真實。是反真實中的超真之真實。文學的使命不僅是要寫出人們可感、可見的人的靈魂真實性，還要發現不可見的人的靈魂真實性。那些真正偉大的作家們，發現了這些不可見的靈魂真實和存在，就像有人看見了西西弗斯每天滾石不止、循環往復，正是人們活着的最內在的真實樣。他們用小說、詩歌、戲劇、繪畫等方式，將這種人類存在的最內在的反真實的真實呈現出來了，而我們，面對這些新真實——無法驗證的真實、超真之真實、反真實的真實等，卻只能一籃子一筐地說它們荒誕或者超現實。

超現實給經驗的真實一家獨尊之地位，其餘與它不同的，你們都是超現實，都可歸入荒誕那個籮筐內。「荒誕」——這麼籠統的兩個字，便囊括、雜糅、涵蓋和遮掩了那些偉大作家對文學真實和真實性的巨大發現和開拓，就像用宇宙兩個字，囊括了人類之外無邊的存在和無邊、無邊的差異樣。

《等待戈多》不僅是一種超真之真實，也還是一種反真實。

《開心的日子》不僅是一種無法驗證之真實，也還是超真之真和反真實。

《他們來了》、《椅子》和《新房客》，關係上似乎都是人與物，是物對人的牽引、壓迫和異化，都是以「房間」、「椅子」（家具）為道具的象徵和暗示，可在真實和真實性的原則上，《他們來了》更多地表現在不真之真上；《椅子》則更絕妙地混和了在經驗真實上的超真之真實，是超真實上的反真實。而同為尤涅斯庫代表作的《新房客》，則更真切地透散着故事中的反真實。將這些劇之小說相類相比時，他們的差別不僅是故事的長度和篇幅，還有他們故事中真實性的複雜性。從這個角度說，尤涅斯庫的《禿頭歌女》、《椅子》和《犀牛》，其整體在經驗真實上的超越和開拓，對超真之真和反真實的抵達和牴牾，那就實在不是在經驗真實上的植樹、種草和養花，而是在經驗真實上發現了森林、曠野、戈壁和原荒。

史密斯先生：（報紙仍然不離手）有件事我不明白，為甚麼這民事欄裏總登去世的人的年齡，卻從來不登嬰兒的年齡？真荒唐。

史密斯夫人：這我可從來還沒有想到過！

（又一陣沉默。鐘敲七下。靜場。鐘敲三下。靜場。鐘半下也不敲。）

史密斯先生：（報紙不離手）咦，這兒登着勃比・華特森死了。

史密斯夫人：我的天，這個可憐人，他甚麼時候死的？

史密斯先生：你幹嗎這幅吃驚的樣子？你明明知道，他死了有兩年了。你不記得了？一年半前你還去送過葬的。

史密斯夫人：我當然記得，一想就想起來了。可我不懂，你看到報上這消息為甚麼也這樣吃驚？

史密斯先生：報上沒有。是三年前有人講他死了，我靠聯想才想起這事來了。

史密斯夫人：死得真可惜！他還保養得這樣好。

史密斯先生：這是英國最出色的屍首！他還不顯老。可憐的勃比，死了四年了，還熱呼呼的。一具真正的活屍！他當時多快活啊！[52]

在《禿頭歌女》中的第一場，中產家庭的史密斯夫婦依舊從日常的吃喝、讀報對話進入故事的開始和內部，然後真實和不真之真，以及建立在經驗真實上的超真之真實，就這樣一步步地走來了。在他們談論的勃比、華特森之死裏，

52 同前，第 185 頁。

史密斯先生明明說是報上登的消息，可接着他又說報上沒有登，是三年前有人說他死了。明明說是三年前有人說他死了，可此前他卻說他的夫人你明明知道他死了二年啦，一年半前你還去給他送過葬。而在談論死者的屍首時，史密斯卻又接着道：「這是英國最出色的屍首！他還不顯老，可憐的勃比，死了四年了，還熱乎乎的。一具真正的活屍！」時間在這兒，如夢囈人的錯亂囈語樣。事件在錯亂的時間裏，失去了真實和真相，從而反真實在這無意義的生活中悄然出現了。這兒表面看是事件的真相和非真相，而在根本上，是一種文學真實中的反真實和反真實中的文學之真實。繼而從勃比的死，他們想到了他的妻子——

史密斯夫人：我從沒見過她，她漂亮嗎？

史密斯先生：她五官端正，可說不上漂亮。塊頭太大，太壯實了。她五官不正，倒可以說很漂亮。個子太小又太瘦。她是教唱歌的。

（鐘敲五下。間歇多時。）

史密斯夫人：這一對打算甚麼時候結婚？

史密斯先生：最遲明年春天。

……

史密斯夫人：她年紀輕輕就守寡，夠她傷心的了。

史密斯先生：幸虧他們沒孩子。

史密斯夫人：他們就差沒孩子！可憐的女人，不然叫她怎麼辦？

史密斯先生：她還年青，還可以再結婚。男人死了她巴不得。

史密斯夫人：那誰照看孩子呢？他們有一男一女呀。這兩個孩子叫甚麼？[53]

結婚？沒結婚？胖？瘦？五官端正而不漂亮？五官不正而很漂亮？幸虧沒孩子？有一男一女都叫勃比嗎？丈夫、妻子和一雙兒女的名字都叫勃比，那麼他們是四個人還是一個人？討論失憶、混亂、真實在這兒是沒有意義的。唯一有意義的是反真實。所以在《禿頭歌女》中，第二場和第三場，

53 同前，第 186 — 187 頁

都短得如同開一次門和關一次門。接着馬丁婦夫從着門扉到來了。這個驚天動地的反真實的經典故事登場了。之後都是反真實的延續和注腳。在等待這種反真實人物故事的收場結尾中，我提心吊膽，雙手捏汗，生怕反真實發光的太陽會如汽球般，被某種經驗真實的芒刺刺過去，使得反真實的真實從此熄焰而止滅，及至讀到故事（劇情）之最後，人物們在你一句、我一句地說着「『人固然用腳走路，可用電、用煤取暖。』『今天賣牛條，明天就有個蛋？』『日子無聊就望大街。』『人坐椅子，椅子坐誰？』『三思而後行。』『上有天花板，下有地板。』」[54]……雖使人感到情節、情緒一飛沖天的跌落和失落，可同時，又不免會心一笑而已矣。

誰能給反真實以最真實的結尾呢？

當結尾是馬丁夫婦在重複史密斯夫婦開場時的無意義時，是不是故事只能如此收場而讓無聊和無意義，成為《禿頭歌女》最恰切的意義收場呢？然而這個收場可以成為《禿頭歌女》之收場，而反真實在文學真實的原則上 —— 如履

54 同前，第 222 頁。

行憲法般的神聖上，在貝克特、尤涅斯庫後，又該怎樣前行拓展呢？在我們的小說寫作上，又該如何延拓這種反真實的真實性？是視而不見還是汲取營養而拓展？會不會有作家也寫出中國小說中的超真之真、無可驗證之真和文學真實性上的反真實？再或有中國作家除了這些真實外，又創造出一種與這些真實完全不一樣的真實來？

反真實與真實之經驗

沒有人反對文學與經驗千絲萬縷的瓜葛與聯繫。直接的、間接的；間接、直接之後的想像與創造。所有有價值的文學，都是生活與人之思緒、情感和靈魂之真實，透過作家情感的輸出與轉化。如果卡夫卡還活着，他也許會說「格里高爾變成甲蟲那是生活的真實啊！」緣此說開去，在文學創造中，所有偉大作家之所以其偉大，首先是他可以看到或感受到，在相同經驗中的不同真實和異樣——在幾近相同的經驗裏，看到或感受不同的真實，才是作家們唯一寫作的理由和價值。當你看到並寫出的真實，和生活的真實大同小異時，那你就不是作家而是大眾生活經驗的一個搬運工，哪怕你的作品廣受歡迎也如此。

作家和作家之不同，首決於作家面對人和世界時，作家和作家總能看到和發現真實經驗的異處和截然不同處。中國文學的隆興和單調，就在於太多作家看到的現實是一樣的。人和世界也是幾無差別的。或者說，明明每一個人看到的世界都是不一樣，種種因由卻寫出了相同的現實和世界。如果說大家作品中的世界有差異，也是一片草原上同一種植草的這片葉子大一些，那片葉子小一些；這個作家從這種植物上看到了綠葉和盛茂，那個作家從這同一株植物上，看到有葉子黃了花落了。

然而在現實世界中，彼與此的經驗卻是絕然差異、絕然不一樣。

生活的豐富、龐雜、荒紊、無序、分裂和矛盾，常常讓人感歎「怎麼會是這樣子！」「怎麼就成了這樣子！」可作品卻從來都是那樣子。早年幾乎所有的作家都還共同感歎道：「生活的豐富遠比文學更豐富，生活的傳奇與荒誕，遠比小說的荒誕、傳奇有過之而無不及。」而現在，作家多都不再這樣感歎了。作家和書寫，已經習慣這些了。作家筆下的文學真實性與生活真實的荒誕性，已經不再在想像與經驗的軌道上，起跑競賽去爭取那枚真實性的獎章了。大家任由文學趨同之力量，把大家召喚在同一廣場上，每個人都在用放大鏡尋找着大同小異中的異，之後把這粒微異拉近或推遠，給它以最好的讚美或頌辭，以使自己也相信，文學確真的繁榮與偉大。也相信，自己寫作的獨一無二性。

一方面，都意識到由十四億人口組成並堆積如山的生活經驗不是一座山，而是一架連綿不絕的山脈和一條船隻無法渡過去的海。另外一方面，又都相信自己看到的眼前世界的一部分，不是一部分而是全部的世界或世界之本質。一方面，感歎現實深處的腳步之凌亂，另外一方面，又不承認自己是距離生活的真實核心愈來愈遠的人。每一位作家，都認為自己是看穿了生活（真實）的人——這也包括我自己。

把自己經歷、看到、感受到的經驗等同於世界之經驗，而忽略別人看到、經歷、感受的經驗真實性；相信自己經驗的真實性，而忽略或反對別人經驗的真實性；相信生活的事實、可能和可以的想像的真實性，但卻絕然不能承認文學除卻這些真實外，還有不能驗證之真實、超真之真實乃至反真實的真實性。一面日日時時地，經歷目睹着現實中反真實、反邏輯的超經驗，卻又另外一方面，固守着往日習常經驗的堡壘和橋頭。因之面對現實世界中的超經驗和反經驗，卻也不會讓文學朝着無法驗證的真實和超真之真與反真實的真實方向走一步。

也許小說中的超真之真和反真實，在上世紀的 90 年代前，沒有走入我們的寫作就再也難以走入了，如同一列火車在某一車站沒有停靠就再也不會停靠了。因為那列火車錯過車站後，它哐噹哐噹地一去不返了。已經駛入另外的軌道了。哪怕生活這一經驗的源頭依然還是文學的真實之源頭，可在這源頭的真實上，另外的經驗只是存在而不是源頭了。所以也才在這個時間節點上，感悟文學的多樣和無邊的真實和真實性，才是真正文學的魂靈和唯一之價值。是唯一之寫作的信仰和驅動力。

在這兒，再一次地辨析、理解文學真實性上的不真之真、超真之真和無法驗證之真實，以及反動真實的真實性，也才可以冒昧的大着膽子說出下面的話：

對於有的寫作最大的真實是《戰爭與和平》，是《安娜・卡列尼娜》和《包法利夫人》或者魯迅、雨果、哈代、狄更斯再或巴爾扎克等；而對另外一些人，所謂真實則是人為蟲和人為犀牛與猿猴，是戰機上的炸彈艙裏裝滿了蜘蛛與半生不熟的紅香蕉和鷹嘴豆；是馬孔多的起源、發展和消失。甚至以上的真實都不是，而是反真實中的愛斯特拉貢和弗拉第米爾；是馬丁夫婦彼此見面談了許久才知道，他們是同從一個地方來，坐在同一列火車上，在火車上坐在同一車廂的面對面，而且昨夜又住在同一條街道同一幢樓，同一間房子和同一張牀鋪上 —— 原來他們彼此是夫妻！還有他們共同的孩子出生在這個如此現實（真實）的世界上！

第四章

形式與形式的真實性

形式與形式的真實性

第四章
形式與形式的真實性

形式的真實性

將形式與內容分開來，是理論家對小說「庖丁解牛」時，要將牛皮從牛的身上分開來，將牛骨和牛肉分開來。而當我們將真實和其真實性，還原為小說的憲法、真言、信仰時，會發現真實無法離開包含着情節、細節的故事而存在；而故事無法離開包含着方法的形式而存在。

在任何一部作品中，當故事產生時，事實上作為方法的形式也就產生了。

形式永遠和故事在一起，沒有形式就沒有故事在。反之沒有故事也就無形式在。他們不僅如同孿生兄弟般，而且有時就是一種難以分割的連體人。只不過在這連體或者孿生的兄弟間，有時候是甲在我們正對面，有時候是乙在我們正對面。然而當我們確立了故事的真言、憲法為真實時，我們忽略了形式不僅是為了故事、仰仗故事而存在，而且形式也是文學之本身。形式是為了真實、證明真實而存在。甚或在一些傑出的作家或作品那兒，形式本身就包含着故事之事實，具有天然而成的內容真實性。

《伊索寓言》誕生於公元前的 6 世紀，距今已是二千六百多少年。而今天，我們看到的 405 篇寓言故事和每則故事後都有伊索寫下的「這個故事告訴我們……」、「這個故事說明……」、「這個故事的意思是……」如此等等，每個故事後都有的這句「思想總結」或論說，同故事自始至終並置在一起，構成了《伊索寓言》平行、呼應的形式和方法，是我們討論伊索寫作的方法論。然而被我們疏忽的伊索寫作的方法和形式，也還有《伊索寓言》開篇中的「伊索特別善於講故事。一天，他閒着無事，就溜達到了造船廠。造船廠工人見他來了，非常高興，就千方百計逗他說話。伊索拗不過，就講了個故事：話說遠古時候，天地一片混沌，到處都是水……」[55] 這就交代了作品中的兩個開端同時產生了：一是故事產生了，二是講故事的方法 —— 形式也同時產生了。

55〔古希臘〕伊索：《伊索寓言》，張弛、孫笑語譯，安徽文藝出版社，2018 年 3 月，第 1 頁。

有趣的情況是，《伊索寓言》中所有的狐狸、兔子、烏龜、獅子、鳥雀和蛇、象等動物，我們作為聽者或故事閱讀人，知道牠們在故事中「如此這般」都是虛構的；另外一方面，那個作家的伊索卻是真人存在着。這些故事都是「真人」講的「假故事」。在這兒，如果可以吹毛求疵、窮根究竟到元小說，而《伊索寓言》即便不能被稱為元小說，至少也有着元小說中的「元」，有着一種形式比內容更實在的真實感和真實性。

在《伊索寓言》中，故事和「講故事」是同時產生的，形式上的「元真實」，比故事的真實和真實性，來得更早更直接，更具有一種真實感和真實性。沒有這個「伊索講故事」的形式在，也就沒有《伊索寓言》中的故事在，即便故事中因為虛構、擬人而沒有「事實之真實」，而只有真實中的真實性，那麼「伊索講故事」的事實、真實和真實性，卻是不言而喻、毋庸置疑的。從《伊索寓言》這人類最早的文學作品中，我們看到的形式是寓言和一則一論的平行與形式上的點睛法，而這種故事的形式之真實，卻具有着一種敘述上的「元真實」。

回到講故事的形式上，《一千零一夜》是山魯佐德夜夜給暴君講故事。《十日談》是七女三男在 1348 年的佛羅倫薩鼠疫中，他們逃往城郊外，為了對抗時光而每人每天講述一故事，十日後便有百個故事的講述和誕生。在這兒，講故事在形式上的「套盒法」，構成了故事的存在和真實，也使得「故事的方法」具有故事本身的真實性。就是《伊利亞特》中沒有那個「講故事的人在講故事」——的形式在，我們也能從那詩、文和故事中，聽到、看到那個「講述者」的聲音在講述和朗誦——「歌唱吧，女神！歌唱裴琉斯之子阿基琉斯的憤怒——/ 他的暴怒招致了這兇險的災禍，給阿開亞人帶來了 / 受之不盡的苦難……」[56] 史詩般的故事到來了，而那個「講述者」，也分明在我們眼前行走和吟唱。《搜神記》以「搜羅記載」為方法，然後那些神仙鬼怪的故事也就誕生了。《聊齋志異》明明寫的都是鬼、狐、仙、妖、怪，是更純粹的小說虛構和「不真實」，是無中生有，不真之真，可卻又從開篇始，自形式上都以紀實之法則，講這個虛構是

---

56 同 2。

「予姊丈之祖，宋公諱燾，邑廩生。一日，病臥，見吏人持牒，牽白額馬來……」[57]（我姐夫的祖父宋燾先生，是縣裏的秀才。一天，他生病躺在牀上，忽然看見一個官差拿着官府的文書，牽着一匹白額馬走上前來……）（《考城隍》）。「譚晉玄，邑諸生也。篤信導引之術，寒署及輟。」[58]（譚晉玄，是縣學裏的生員。他十分崇信氣功養生之術，無論嚴冬還酷暑，都堅持練功不斷。）（《耳中人》）「信陽某翁者，邑之蔡店人。」[59]（《屍變》）就這些小說看，自《聊齋志異》的首篇始，明明寫的是一個病人在病牀上精神恍惚的幻覺和夢念，然而卻在形式上——敘述得和紀實文學樣。次篇《耳中人》，非虛構般寫了一個因為氣功走火入魔的人，卻又同時寫出了因為走火入魔後，而產生的奇異故事來。第三篇《屍變》的故事，更是怪異和不可能，但卻依然如同果有其事的紀實着。

57 蒲松齡：《考城隍》，收錄於《中華經典名著全本全注全譯叢書：聊齋志異》，第一卷，第 1 頁。

58 蒲松齡：《耳中人》，同前，第 7 頁。

59 蒲松齡：《屍變》，同前，第 10 頁。

在中國古典文學中，《聊齋志異》寫盡了故事中的「不可能」、「不真實」和「非人的人」與人同在屋簷下的「反真實」，然而卻又比任何小說都在講故事的方法上，講究紀實和真實性——這種愈是不真和反真實，就愈是講究紀實、記錄的真實之形式，構成了《聊齋志異》最獨特的內容與方法，故事和講故事的形式與主義，有着和《伊索寓言》異曲同工的方法之真實，乃至於在《聊齋志異》近五百篇的小說中，有半數作品後的「異史氏曰」，也如同《伊索寓言》每一篇後的「這個故事告訴我們……」樣，總結、評述和點睛，為故事文本構成了平行並舉的文本法則和形式論。由此我們不得不再次意識到，文學形式自古就是同故事（內容）同生並在的，只是有的形式更為鮮明些，有的形式更為隱含些，但從來就沒有無形式的故事在，也沒有無故事的形式空如沒有軀體的衣服飄在空中樣。而且在這些作品的真實與真實性的意義上，又全都呈現出形式比內容具有更大、更直觀的事實和真實在，乃至如《伊索寓言》和《聊齋志異》這樣的故事更具「不真」時，形式上的真實性，卻更為鮮明和突出，使得內容上的真實性，得到了形式上事實性的真實的佐證和鼎力。從而使小說故事中的真實和真實性——那最初始的真實之源頭，竟是來自於形式上「百分百」的真實感。

形式的時空與真實性
——以《美國三部曲》、《潘達雷昂上尉與勞軍女郎》和《親和力》為例

小說的形式真實是一篇大文章，大到用一部巨著都難以理清說明白。然而單純地討論小說形式中的真實性，一片亂麻似乎有着頭緒了，討論的許多爭執也可以化險為夷了。

無論文學的長河悠然至千年或萬年，形式被作家和論家前所未有之關注，都是 20 世紀間的事，哪怕幾百上千年前的寫作中，如《伊索寓言》都已經有着極其值得討論的形式和形式中的真實性，而今之討論，也還是要跨過時間之河流，回到 19 和 20 世紀的文學上。

19 世紀文學的偉大，絕然是建立在故事內容上的偉大

和不可攀；20 世紀文學的偉大，不是說轉移了這一偉大的內容和故事，而是說在這一偉大上，拓展了小說寫作的方法論 —— 其中在文本的物理意義上，我們可視的小說形式之豐富，無不有着功勛之業和成就。當我們面對 20 世紀文學長河中那些天才和巨人作家時，有一個不爭的事實是，那些具有獨有創造的偉大作家們，無不是在超越 19 世紀寫作的方法上，獨有着建樹和創造。而將這一創造縮減至小說的形式上 —— 小說形式本身所包含的內容上的真實和真實性 —— 既那種深具物理形式的觀感、又深含內容真實的形式言，使人總是想到上世紀的 90 年代初，偶然讀到美國作家帕索斯《美國三部曲》中的《北緯四十二度》。其小說內容上所謂用現實主義筆墨，宏闊地描寫了美國 20 世紀前三十年的社會蒸騰和龐雜，幾乎沒有給我帶來難忘的現實主義的衝擊和感慨。然而在形式上的經驗真實和真實性，卻讓人難以忘懷和觸動 —— 不僅是形式本身的衝擊和衝撞力，還有那種比內容更真實的形式上的真實性。那種與故事的真實同步到來的文獻般真實的小說形式和方法，使得形式本身的真實感和衝擊力，第一次使人領會了小說之形式，不單是故事敘述的方法和結構，其形式本身所包含的真實和真實性，才使得小說更具價值和審美。及至讀到諸多文章分析帕索斯的《北緯四十二度》、《一九一九年》、《賺大錢》，這三部曲中的「新聞短片」、「人物小傳」和「攝影機眼」等文本上有形的物理形式時，都忽略了形式本身所包含的內容上的真實和對內容真實性的供給與佐證，不能不使人感到莫名的遺憾和無言。

我相信某種小說形式本身的真實性，會和小說內容的真實契合到同體而不可分。而當我們視這種形式僅為形式時，它卻是小說內容之本身；當我們視其為小說內容本身時，它卻又有着敘述形式在結構上的觀感和審美。如同世界上所有深具審美價值的地標性建築，都因其形式而成為地標性，而那形式上的建築美，卻又是建築本身（內容）的美，如梵蒂岡的聖彼得大教堂、意大利的米蘭大教堂、西班牙的塞維利亞大教堂，它們是因為教堂的形式才有了宗教之神性？還是因為宗教之神性，才有了這些獨具形式的大教堂？二者的統一和同一，不是說內容與形式的不可分，而是他們本來就是一體而非合二為一的融合性。

從小說的思維方法上，尋找一種形式本身就是故事之本身、就是真實之本身的寫作，宛若苦行者的飢渴等待和站在一堵堵高牆之下去尋求聖山上的聖光樣，所以在讀到巴爾加斯・略薩的《潘達雷昂上尉與勞軍女郎》（以下簡稱《潘達雷昂》）時，我的驚奇不來之故事的奇異和想像力，而來之小說形式本身所包含的內容上的「經驗真實」——從而才在閱讀中，對故事內容的真實有了更上一層樓的震驚和遠眺——緣於軍隊的性別特殊性和軍紀之問題，駐紮在祕魯邊境地區的軍人們，不斷發生強姦、輪姦之案例，使得那兒軍隊聲名狼藉，奸案頻頻。為了解決這一看似荒誕而實為現實主義之真實的實際問題，軍隊上層悄悄委派潘達雷昂上尉扮作商人，攜妻帶母，到邊境祕密組織邊境上的「流動妓院」，以解決軍人們守邊駐紮中的性問題——這故事從讀者們的日常經驗說，一定的荒誕和誇張，具有很大的傳奇性和戲劇性，敘述中包含着真之不真的危險和挑戰。然而在《潘達雷昂》的寫作裏，作家輕而易舉就把這故事中的誇張、荒誕與真之不真的危險化解了。且化解這種危險的方法，不是他在故事中寫了甚麼邏輯中情節和細節，才使故事的真實，化險為夷、柳暗花明到了安全、牢靠的真實彼岸裏，而是在他的小說形式中，天然的帶有故事內容的真實性。是形式中的經驗真實性，填補了內容中誇張、傳奇、戲劇化的坑陷與溝壑，讓形式上的真實與真實性，如同經驗在現實主義中娓娓道來的鋪排和展示。其小說中通篇使用的祕令、公文、檔、新聞稿、電台節目、對話採訪等凡所牽涉的，就必呈經驗中的「原件」而與故事在同一時空中。這種「文獻式」的敘述方法和展示，被人們將其視為「立體主義」、「結構主義」、「雙線並行」、「氣氛配合」、「話題銜接」等等形式上的拼貼和剪接、還原和表呈，從根本上說，不是形式對故事貢獻了新的講述方法和樣式，而是這種所謂的形式和方法，不僅為講述而存在，而且還為「還原」故事發生的真實過程而存在。從而使得《潘達雷昂》的小說形式之真實，本身就是了故事內容的真實之存在。就是故事之本身。

在小說創作中，作家最重要的要務和責任，就是要為故事的真實和真實性負有不可推卸的擔當和義務。但在這個擔當過程中，去呈現故事的真實是一件事，去呈現講述故事方法的真實是另外一件事——不僅是故事之真實，而且還是講述過程中的「講述經驗」之真實，如我們作為聽眾、觀眾時，對一則傳奇案例要求的是故事的真實性和邏輯性，而那傳奇案例的偵破者，要的則是故事發生過程的原始姓和證據性，有了這種過程的原始證據性，自然也就有了案件的真實性。關於形式與內容的真實性，單純地為了講述而存在的形式和包含內容真實的講述形式的差別也就在這兒。帕索斯和他的《美國三部曲》，略薩和他的《潘達雷昂》等，在小說形式上所具有的講述經驗的真實和真實性，都緣於他們在講述故事時，在形式上「還原」了故事發生過程的原始性和證據性。

是否說《潘達雷昂》在形式上，還原故事發生的過程比帕索斯的《美國三部曲》與他的《三個兵士》來得更為圓熟和天然不重要，重要的是自他們之後讓人意識到：小說形式不單單是為了敘述和結構，還可能並可以——如同內容上的經驗真實樣，完成小說形式的真實和真實性。乃至於去回想《潘達雷昂》這部形式上的妙作時，覺得這個祕密組織「勞軍隊」的故事，不是為了小說的內容而產生，而是為了有這種講述形式的真實而存在——故事的意義，是為了證明形式的真實發生才有了故事、有了故事的價值和意義。當這種形式缺少了還原故事過程的真實和真實性，那個故事就不再有存在的價值和意義。因之作家在寫作上的文學意義和藝術之追求，也就變得因為沒有橋樑和渡船，而河流也不再有它流淌的必要和價值。

經常為「形式為內容服務」或「形式服務於內容」、「形式大過了內容」這樣的判斷和批評而困惑。為甚麼「內容不能服務於形式」？為甚麼「內容不能為形式存在而存在」？為甚麼形式塑造了內容，而內容不能去同時互塑、互成形式之美呢？難道形式本身不也是藝術審美的範疇嗎？如《潘達雷昂》和瑞士作家馬克斯・弗里施的《藍鬍子》，中國讀者婦孺皆知的《竹林中》，這些不都是小說的形式塑造了內容上的真實，而故事內容又反塑了形式真實的作品嗎？為甚麼在形式與內容有真實互塑、互動的小說寫作中，那些小說故事多都荒誕、奇異、超現實和戲劇化？而它們在我們的閱讀中，卻又讓我們感受不到內容戲劇化的荒誕和奇異？而感受到一種真實中的超真之真在？

歌德的《親和力》，來到中國已有數十年，而我讀它已遲至 2015 年。且我讀它時，緣於時間褪去了歷史之光色，並不覺得其中的「婚姻親和」有多麼的震動和激蕩，乃至沒有三十幾年前，閱讀《少年維持之煩惱》時的激情蕩漾在。時間如同風沙樣，一刻也不停息地吹拂着藝術的多變和審美。我不相信文學作品愈是古老就愈有審美價值的那種說法和論斷。無論如何說，古董愈老愈值錢的價值不在它的審美上，而在它的稀有和研究價值上。而文學作品大抵也如此。面對二百年前的《親和力》，我們已經無法想像當年出版時，「書店門前從來沒有過這麼熱鬧擁擠，那情形簡直就跟災荒年間的麪包鋪一樣……」[60] 的場景了，然而閱讀時，卻讓人

60〔德〕歌德：《親和力》，楊武能譯，四川文藝出版社，2017 年 4 月，第 1 頁。

為故事敘述過程中，適時跳躍而出的鑲嵌在敘述中更換了字體的女校長的附信、男助理的便條、主人翁們的書信往來、日記摘抄和爵士到來後，所講的故事中的故事，如被我們視為小說中的小說的獨立短篇《一對奇怪的小鄰居》等，這些都如同「文獻資料」般，真實、隨機又恰妙地以一種新的字體呈現在作家的敘述裏，十四則將近兩萬字，在一部僅有二十萬字的小說中，它們的出現和鑲嵌，讓這部在 21 世紀閱讀的小說，有了我們今天理解的極其強烈的形式感。在歌德的那個年代裏，小說的形式連「日記體」、「書信體」都讓讀者耳目一新時，偉大的歌德，在他故事的講述中，隨着故事的發展之需要，適時地在故事中醒目而鄭重地鑲嵌了這些「文獻式」的留言、便條、假條、日記抄、來往書信和故事中的故事等，這難道不是他們那個時代最具創造性的小說形式嗎？

談論《親和力》的小說形式時，更為重要的是，《親和力》中的這些形式上的「鑲嵌文獻」，非常絕妙地調整了小說敘述的閱讀與節奏，為故事的真實提供了證據和可信度。

換言之，《親和力》中被我們忽略的二百年前都已有之的鮮明的小說形式，不僅參與了故事的內容，而其形式之本身，也天然地有着小說內容的真實性。為小說的真實增加了法碼和重量。將《親和力》中被我們視為小說形式的方法論，同《美國三部曲》和《潘達雷昂》的小說形式放在一起比較時，我們看到的是這種「文獻形式」歌德比帕索斯早了一個半世紀，而略薩又比帕索斯又晚了四十年，由此我們不得不說歌德的偉大，不僅是他在二百年前那個寫甚麼，還有他在二百年前都已思考嘗試的那個怎麼寫。但越過時間的溝壑和分離，我們不能不看到，這些偉大作家在時間的行進中，他們小說形式的豐富和圓潤，是跟隨時間遞增而終向成熟的。他們在使用（創造）小說的講述形式時，彼此間的不凡之處是，他們都讓這種鮮明的小說形式，如同日常的生活經驗樣，還原（證實）着故事的發生和過程，使得在講述故事的形式中，形式本身包含了內容上的時間和空間，讓形式有了時間感和生命感，成為「活」的有時空存在的形式和方法。而且這形式上的時空是和內容的時空同生、同步、同在着 ——

形式與內容互動在同一時間和空間內。小說內容中的情節與細節，在故事中是甚麼時間與空間，在小說的形式上，也是同樣一致時間和空間。

換言之，小說形式發生在甚麼時間、空間內，小說的內容就被囊括在甚麼時間、空間內。如《潘達雷昂》中近二十則、數萬字的「報告」——其報告產生的時間、地點和空間，同時箱裝了情節發生的時間、地點和空間。

如《潘達雷昂》小說第二節中第 1 號的報告內容是：

報告

（第 1 號）

事由：陸軍駐地、邊防哨所及同類部隊勞軍隊事宜。

內容：指揮所的建立、招募人員地點的情況。

種類：祕密。

日期及地點：1956 年 8 月 12 日於依基托斯。

報告人，祕魯陸軍（軍需）上尉潘達雷昂・潘托哈，就負責在全亞馬遜地區的陸軍駐地和邊防哨所組織勞軍隊並使之進行活動事宜，謹向陸軍行政、軍需、總務處處長費利貝・柯亞索斯將軍致敬，並報告如下：

1. 報告人一到依基托斯，即向第5軍區（亞馬遜地區）報到，並向總司令羅赫爾・斯卡維諾將軍表示了敬意。將軍在親切熱烈地接待了報告人之後，即把為了有效地完成報告人所肩負的使命、所採取的各項措施通知了報告人，即，為了保護陸軍的聲譽，報告人不得進入司令部和該市各處軍營，不得身穿軍裝，不得在陸軍住宅區居住，不得與該司令部軍官交往。換言之，報告人必須以老百姓身分進行活動，與報告人交往的人員和地點（即下等人和妓院）不得知曉與之交往者乃一陸軍上尉……

2. 報告人接管了位於依達雅河畔的第5軍區司令部撤出的陣地，作為指揮所和勞軍隊的（招募／提供）後勤中心，並錄用了斯卡維諾將軍指定的兩名士兵……[61]

61〔祕魯〕馬里奧・巴爾加斯・略薩：《潘達雷昂上尉與勞軍女郎》，孫家孟譯，北京十月文藝出版社，1986年9月，第25－26頁。

這則報告，作為小說的敘述形式，清晰地說出了小說內容與形式的一致性 —— 在時間、空間上的「箱裝性」。而這種箱裝性，則又使形式本身具有某種內容上的真實性。回到歌德的《親和力》那被鑲嵌在故事中的 14 則「文獻」的形式上，與內容上的時間與空間，同樣也是箱裝共生的，而不是分開、錯置、回憶的，這和《美國三部曲》及《潘達雷昂》形式上的真實性，異曲同工，又恰若其妙。

由此是否可以這樣說，原來小說形式的真實和真實性，或說形式給內容提供的真實性，亦或內容給形式賦予的真實性，並不緣於小說在形式上有着內容樣的情節和細節，而是小說的形式之本身，有了屬於形式的時間或空間，而這個形式的時間、空間和內容的時空是一致的，或彼此的時空為箱裝的形式共存着。就帕索斯的《三個士兵》、《美國三部曲》及略薩的《潘達雷昂》、《酒吧長談》等作品形式言，無論這些作品讀者喜歡不喜歡，它們在形式上的真實性，都和《親和力》一樣，其敘述形式之本身，是有時間、空間和生命存在的。即便有時形式與內容的空間不一致，但它們在許多時候的發生時間是箱裝共存的 ——

是形式與內容的共時性，提供或完成了小說形式的真實性。

形式中的時空錯置與真實性——以《藍翳子》、《竹林中》和《洛麗塔》為例

原來有許多小說形式和內容樣，是存在生命時空的。其形式的真實性，正源於這種形式的時空性。如果在小說形式的時空上，討論的最終，還是沒有解析清楚的一道函數題，那麼將中國讀者熟悉的《哈扎爾辭典》搬出來，一目比較，也就清晰而了然。沒有人不認為帕維奇的《哈扎爾辭典》的敘述形式是「辭典法」。然而這個辭典法，就其形式言，它有生命時間嗎？當然是沒有。然而每個辭條所帶來的內容敘述，卻是有生命時空的。

如果可以將小說形式分為有時空形式和無時空形式的話，就有生命的小說形式言，《潘達雷昂》和《美國三部曲》等小說，形式與內容多為共時空。而到了另外一些形式鮮明

的小說裏，那種形式的時空都還在，但形式與內容，卻不在同一時空內，而且所呈獻的內容的真實和真實性，也因此發生着微妙、神奇的變化與不同。

《藍鬍子》和《哈扎爾辭典》，幾乎是同時走進中國的，但前者的瑞士作家馬克斯・弗里施（1911—1991），雖在瑞士被視為又一個的狄倫馬特，但在中國的命運，卻沒有後者帕維奇來得影響更大更為經典性——也許帕維奇要感謝韓少功的《馬橋詞典》和那場到底是影響還是抄襲的官司之發生，作家與批評家的爭爭吵吵和媒體的推波助瀾，結果讓《哈扎爾辭典》在中國廣被知曉和接受。而比《哈扎爾辭典》更好看、更奇妙的《藍鬍子》，卻被冷在一邊如一株花草被拋在荒野上。

讀者丟棄《藍鬍子》，讓我們覺得對不起這位奇妙的作家弗里施，也對不起在屬於我們的文學時代裏，可稱為「讀家」的讀者們。將《藍鬍子》那絕對引人的故事疏遠到一邊去，單將其形式推到前台來——沙德先生一生結過七次婚，但他的第六任妻子死掉了，於是法官、檢查官、律師都成了這樁案件的提審者或者詢問人。而這活着的沙德先生和他的六個妻子與死者——不是妓女，但有各種出入她房間的男人們及其目擊者，卻都成了這樁案件的證人、證據和嫌疑人。與其說這部長篇是由對話組成的，不如說是由審訊者和被詢問的問答組成的。而被問答敘述的內容不僅是偵破、案例和經過之還原，還有愛情、婚姻、性、性別、友誼與家庭等，諸多問題都是這部小說的思考和討論。讓我們單純地回到小說形式與內容的真實上，就《藍鬍子》這部「審訊體」的形式言，它讓我們感受到它與《潘達雷昂》小說形式同樣的豐富和自由，宛若一場風雨帶來的應有盡有樣——在作家想像的風流和風暴中，凡是他可以想到的，這個自由的風流和風暴，都可以將其吹到讀者面前來。就《潘達雷昂》的小說形式言，作家的全部目的，都是為了在敘述自由中，讓形式帶來故事真相上的「千真萬確」和百分百的真實性。而《藍鬍子》所帶來的，卻是無真相的故事和講述過程中的無真相。殺人者最終不是沙德先生時，那麼兇手是誰呢？在一個通俗的兇殺故事裏，那個獨具審美的藝術形式將這個通俗故事帶進了幽遠和深思。當然，我們可以說這個故事無論甚麼結果都是作家的構思之巧設。是虛構完成了這一切。回到《藍鬍子》的小說中，甚至可以說，小說的每一環節和情節，都是作家蓄意虛構的。但也可以更文本化地說，是因為作家假借了這個故事的形式——審訊問答體的形式，而不得不使故事這樣而非別的樣。

「您是沙德夫人嗎？」

「是的。」

「您叫甚麼名字？」

「莉蓮。」

「您娘家是姓哈貝扎克。」

「是的。」

「您的職業？」

「幼兒園保育員。」

「沙德夫人，您已經離了婚，是嗎？」

「是的。」

「這麼說您認識被告本人……」

聽眾席響起笑聲。

「您作為證人必須說真話，不能說假話，您要知道，作偽證是要坐牢的，情節嚴重的可以判五年監禁。」[62]

這樣的問答，被化為第一人稱的嫌疑人，沙德先生兼敘述者 —— 在形式上自由地切斷和組合，敘述者在講述中隨時地進入或退出，引證、議論和講述着打桌球的過程和描寫，使得作家在他創造的形式中，又了前所未有的講述自由，如同微服的皇帝，出巡民間的隨心所欲樣。

是形式敘述了這故事。

也是形式創造了這故事。

但這個形式從時間與空間上，卻不是與故事的核心內容同步共時的，而是在被殺事件發生後，才有了這不間斷的審訊和形式。由此將這一類似的形式再次前伸到 1921 年，芥川龍之介的名作《竹林中》，故事的講述一樣是仰仗這種審

62〔瑞士〕費里斯：《藍鬍子》，蔡鴻君譯，時代文藝出版社，1995 年 6 月，第 73 頁。

訊體的形式完成的，只不過前者作為長篇有「審問」、「回答」和作家的敘述在，後者作為短篇只有審訊後的「供詞」在。在那些供詞中，多襄丸供認是他殺了美女之夫；而為妻的美女說是自己殺了丈夫；而那被殺了的夫，又藉他人之口說：「我疲憊不堪，好不容易才從杉樹下站起身子。在我面前，妻掉下的那把匕首，正閃閃發亮。我撿起來，一刀刺進了自己的胸膛。嘴裏湧進一股血腥味，可是沒有一絲痛苦。胸口漸漸發涼，四周也愈發沉寂……我倒在地上，沉沉的靜寂將我緊緊地包圍。」[63] 到此一部短篇的故事結束了，給讀者的真相是永無真相的「羅生門」。這個真相悖論中的羅生門，一面是由那七個人的供詞所組成；而另一面，醒目的是小說形式之本身。是小說的形式完成了這小說。小說的形式不僅參與了故事和內容，而且也左右着故事和內容——三個人都爭認自己是兇手，這違背着人與社會對於生死的通常邏輯與理解，形成了一種不真之真或曰超真之真的小說真實

63〔日〕芥川龍之介：《竹林中》，收錄於《芥川龍之介全集》（第二卷），宋再新譯，山東文藝出版社，2012 年 9 月，第 126 頁。

感。而給讀者這超真之真、不真之真的，又恰恰是審訊中的供詞這形式。如同《藍鬍子》的故事樣，小說的故事真相（無真相）在發生後，小說的形式時間不在真實內容的時空內，從而有了這樣無真相的小說和故事。由此可以理解，當小說的內容真相不在時，而作家，正可以在形式與內容不在同步、同時中，去完成故事內容非真相的小說真實和真實性，如《竹林中》都是兇手和《藍鬍子》中沒有兇手的非真相故事的這種超越真相的小說真實性。

在形式與內容同一時空或同一共時內，《美國三部曲》和《潘達雷昂》的形式高度參與其內容，從而在小說敘述中，產生了故事的「真相」和真實性。而在內容與形式不在同一時空或同一時間內，《藍鬍子》和《竹林中》，就成了無真相故事的小說真實和真實性。想到了更著名的小說《洛麗塔》，當讀者沉浸在「衰老的歐洲誘姦年少的美國」或「年少的美國誘姦衰老的歐洲」，再或「嚴肅情感的最高境界」這類過度詮釋、猜測或寓言化的理解時，我們其實疏忽了這部名著的形式是「一個白人鰥夫的自白」。是講述者為法庭準備的一部自白書——「這都是我的故事。我已經重讀過一遍。裏面有點點的精髓，有血，有美麗的綠蒼蠅。在故事的這一曲或那一折裏，我覺得難以捉摸的自我總是在躲避我，滑進了深沉沉、黑暗沉沉的汪洋裏，我是探不到的。我正把我能隱瞞的東西都隱瞞了，以免傷害人們。」[64] 在此引述《洛麗塔》結尾亨伯特這貌似坦白的自述，不是為了證實這段話的可靠性——「能講的都講了，不能講的全都隱瞞了。」而是為了說明在小說形式上，這種「自白」和《竹林中》、《藍鬍子》一樣，因為形式的時間都在故事的事件後，都和故事或核心事件不在同一時空內，從而使小說的故事時空和敘述時間又了錯置和距離，這就形成了小說的寓言性，而非故事事實的真實和真相。

形式與內容彼此融合在同一時空生發、行進時，小說是朝着真實、真相進發的。而當形式和內容的時空分開來，彼此的時間、空間是錯置的，尤其某種敘述形式是在故事發生

64〔美〕納博科夫：《洛麗塔》，于曉丹、廖世奇譯，時代文藝出版社，1997 年 8 月，第 407 頁。

之後形成的，除卻回憶或者回憶錄，這樣的形式與內容，便多是產生不確定、非真相或超真之真的寓言真實和真實性，而非故事的事實、真相的真實和真實性。這就是形式與內容在時空中同在或者不同在、不共時的形式真實之差別。

元小說形式的真實性
——以《項狄傳》、《寒冬夜行人》
和博爾赫斯為例

1970 年，美國作家威廉・加斯發表了《小說和生活中的人物》，在這篇文章中，威廉・加斯提出了「元小說」這一概念——這個在小說中關於敘述的敘述，關於寫作的寫作，在經過廣泛爭論後，不僅被人們大多所接受，且還被更多富於求新的作家在寫作中使用和豐富。

反觀 20 世紀的小說，紀德、卡爾維諾、大衛・洛奇、納博科夫、博爾赫斯、庫爾特・馮內古特等，都在這方面留下了元小說的經典和傑作。時至今日，元小說作為小說的形式和方法，在任何語言的寫作中，都已是一種常識和常法。

然而，在元小說與文學真實性的關係上，卻鮮有注目和關涉文。到底元小說在形式上，給內容和讀者帶來了怎樣的真實和真實性？當我們去正視討論這些時，卻發現就真實這一點，元小說常會讓討論如同連環案，使甲案帶出乙案、丙案來——為了這個真實卻寫出了那個真實來，為了那個真實又否定了這個真實來。

英國人認為世界上最早的元小說，是英國作家勞倫斯·斯特恩（1713—1768）的《項狄傳》。而昆德拉又言之鑿鑿說，我們今天的一切努力和實踐，在16世紀最偉大的作品《堂吉訶德》中，都早已有之存在着。這裏說的努力和實踐，自然也包括元小說的寫作和嘗試——哪怕是為了寫作的風趣和遊戲，《堂吉訶德》也確實有着這樣落筆的幽默和風趣。然若嚴格說，元小說中真實和真實性，《項狄傳》卻來得更為清晰和準確：

在上一章的開頭，我確切地向您通報了我的出生日期；——但卻沒有講出生的經過。沒有；這一細節

> 完全保留下來要自成一章；——此外，先生，由於您和我可以說素昧平生，讓您一下子對我的情況了解太多，未免有些不妥。——您必須耐心一點。您也看見了，我已經不僅着手寫自己的生平而且也要寫自己的見解；希望您通過前者了解到我的性格，我的為人，從而給您帶來更大的興趣來了解後者：我們現在只是泛泛之交，剛剛認識，當您隨我繼續前行時，關係便逐漸親密起來；而且，最終將會結下友誼，除非我們倆有一個犯過錯。[65]

在小說的開始，《項狄傳》是以第一人稱敘述的：「我爸或者我媽，或者兩位一併算上，因為這事兒上他們負有同等責任，我真希望他們當初造我的時候，對自己正做的營生上點兒心。」[66] 但隨着這驚人的狂放、自由之敘述，第一人稱所帶來的那種故事與情節的內容真實，被推向了講故事的方

65〔英〕勞倫斯・斯特恩：《項狄傳》，蒲隆譯，上海譯文出版社，2012 年 3 月，第 10 頁。

66 同前，第 4 頁。

法真實這一邊。於是，在這兒雙重的真實出現了。「講故事」的真實和故事本身的真實在交替和重疊。故事的真實性，不僅源於讀者都可以體驗、感受的經驗之真實，還源於那個講故事的形式產生、發展的真實性——從第一人稱發展到了元小說，使得關於敘述的敘述、關於寫作的寫作，這種文本產生過程的真實和故事本身的真實相融合，從而使讀者在閱讀中，獲得了全新、奇妙的感受，對真實也獲得了豐富的理解和體驗。一句話，在元小說的敘事中，關於故事的真實性，不僅是內容的經驗真實和真實性，還有寫作的過程之本身，在形式上的經驗真實和真實性。這雙重的真實和真實性，才是元小說所呈現的真實和真實性。

——小姐，您怎麼在讀上一章時如此心不在焉呢？我在那一章裏給您講過，我母親不是舊教徒。——舊教徒！您沒有給我講過這件事呀，先生。小姐，我求您讓我把話再重複一遍，我白紙黑字，明明白白給您講了，至少文字通過直接推理儘量把這種事給您講得一清二楚。——那麼，先生，我準是落掉了一頁。——沒有，小姐，——您一個字也沒有落。——那麼我是睡着了，先生。——小姐，我的自尊容不得您這樣的託詞。——那麼，我說白了，我壓根兒就不知道有這回事。——小姐，那正是我指責您所犯的錯；而且作為對這一錯誤的懲罰，我一定要您馬上翻回去，也就是說，您讀到下面的句號時就翻回去，把那一章從頭到尾重讀一遍。[67]

……

這對於我這本書是一個極大的不幸，但是對於文學界來說則更為不幸；——有鑑於此，我自己的書就湮沒無聞了，——在萬事萬物中，追新求險的惡癖已經根深蒂固地植入我們的習性之中，——而且我們如此一門心思地想那樣滿足我們急不可耐的慾望，——以致一種結構中只有那些粗俗的，更耽於肉慾的部分才會下沉。[68]

……

67 同前，第 50 頁。

68 同前，第 51 頁。

> 我開始寫一本新書，好讓我有足夠的篇幅從有關我的脫庇叔叔受傷的圍攻那慕爾的談話和詢問說起，來說明他所處的窘境的性質。
>
> 我必須提醒讀者，萬一他讀過威廉王的戰爭史，——不過假如他還沒有，——那麼我就告訴他，在那次圍攻中，最令人難忘的一次攻擊是由英國人和荷蘭人對前沿外崖的突出點發動的進攻，就在圈住了那大水閘的聖尼古拉堡的大門前。[69]

關於元小說和元小說形式上的真實性，《項狄傳》這部偉大的巨著，為其做了最好的注腳和闡釋。當我們單純地討論小說形式在寫作中的意義時，說斯特恩為小說形式的天才是不夠的，然而稱他為小說形式的上帝又是不妥的——那就稱他為小說形式之神吧。是這位形式之神讓我們看到了形式對於內容的重要性，就如母親使兒女出生的重要意義樣。作家為父親，形式為母親，內容為兒女，這顯然是偏頗的錯

---

69 同前，第 75 頁。

言和荒謬。但在某些作品中，這種錯言卻是可以成立的。《項狄傳》當然可以稱為一部小說形式之神作，而其中在元小說真實意義上的自由與豐沛，讓我們看到了小說在真實和真實性的層面上，還存有一種「元真實」——不僅是內容與形式上的真實性，還有關於敘述的敘述、關於寫作的寫作的「元真實」——它不是通過形式而至內容，而是在內容敘述中，呈現出一種形式的獨特真實來。讓關於寫作的寫作，成為或幾乎成為小說的內容之本身——這就是卡爾維諾的《寒冬夜行人》，後來又被譯為《如果在冬夜，一個旅人》的書。它一樣是一部小說形式的神作和天賜，充滿着元小說和元真實，比《項狄傳》給了我們更多、更細微、具體、親切的形式上的真實和感受。

> 你即將開始閱讀伊塔洛·卡爾維諾的新小說《寒冬夜行人》了。請你先放鬆一下，然後再集中注意力。把一切無關的想法都從你的頭腦中驅逐出去，讓周圍的一切變成看不見聽不着的東西，不再干擾你。

> 門最好關起來。那邊老開着電視機，立即告訴他們：「不，我不要看電視！」如果他們沒聽見，你再大點聲音：「我在看書！請不要打擾我！」也許那邊噪音太大，他們沒聽見你的話，你再大點聲音，怒吼道：「我要開始看伊塔洛・卡爾維諾的新小說了！」哦，你要是不願意說，也可以不說；但願他們不來干擾你。[70]

引用這部奇妙小說之奇開章，不是為了證明它是元小說，而是為了證明在這一形式寫作中，讀者第一次成了小說的主人翁，使得寫作、閱讀、修改、印刷、討論這一小說產生和流通過程的本身，就是小說之內容——是故事中的情節、環節和細節；是故事的結構和敘述。使通常我們讀到的任何小說中的內容與形式的真實，得到了完美的統一和融合，成為了一種小說形式的元真實。由這由元真實引出的每章一個新小說開頭的十部小說、十篇開章組成的「鏈條結構」，無論這結構多麼精妙和神奇，多麼為小說結構學中的

70〔意〕卡爾維諾：《寒冬夜行人》，蕭天佑譯，譯林出版社，2003 年 3 月，第 7 頁。

經典之經典——而其中那些從不被人們談及的元真實與小說的內容之關係，在這兒才最是需要談論和觸及的。在《寒冬夜行人》這部小說中，由元小說寫作的卡爾維諾的寫作所引出的→在瑪爾堡市郊外→從陡壁懸崖上探出身軀→不怕寒風，不顧眩暈→望着黑沉沉的下面……由此到了第七章，「一條條相互交叉的線」，卡爾維諾在他的元真實中敘述道：

> 我產生了這樣一個想法，即寫一本僅有開頭的小說。這本小說的主人公可以是位男讀者，但對他的描寫應不停地被打斷。男讀者去買作家Z寫的新小說A，但這是個殘本，剛唸完開頭就沒有了……他找到書店去換書……
>
> 我可以用第二人稱來寫這本小說，如「讀者你」……我也可以再寫一位女讀者，一位專門篡改他人小說的翻譯家和一位年邁的作家。後者正在寫一本日記，就像我這本日記……[71]

71 同前，第173頁。

敘述到這兒，在故事（或多故事）鏈條結構中，所呈現的一本、又一本書的內容真實不在了，元小說的作家明確說，我就為了「這樣一個想法，即寫一本僅有開頭的小說。」十本書也還是一本書。這本書的一切真實，都是卡爾維諾的虛構和寫作。這兒呈現的元小說的元真實，否定了其他書中的真實性，也否定了那些書的存在的真實性。原來在元小說的真實上，它既呈現一種敘述之敘述的真實和過程，也還否定那種真實和過程，使得它的真實把我們和統常意義的「生活真實」分開來，且把讀者從「經驗真實」的泥沼中拉出來，讓讀者不再去注目一般意義的人生、命運的日常真實性，而只注目文本產生過程的真實性，回到一種「純粹藝術」的形式審美的立場上，形成一種「純粹」的審美和真實。

在元小說純粹的形式審美真實上，博爾赫斯是這一方面走得更遠、更純粹的人。單就元小說的寫作和真實言，《特隆、烏克巴爾、奧爾比斯・特蒂烏斯》、《吉訶德的作者彼埃爾・梅納德》、《巴別爾圖書館》、《曲徑分岔的花園》、《叛徒和英雄的故事》、《布洛迪的報告》、《阿萊夫》等一長串的經典短篇，雖不能篇篇都如《叛徒和英雄的故事》樣，吻合着元小說寫作的要求和想像，但在博爾赫斯的寫作中，諸多作品都在寫作的書桌前，真實或虛幻地「擺」着另外一本書，如《聖經》、《堂訶吉德》、《一千零一夜》，莎士比亞戲劇或歷經千年之詩歌，再或《不列顛百科全書》等。這些真實或他虛構的書，都是博爾赫斯寫作中關於所寫作品的再闡釋、再寫作的寫作和創造，從而使他的寫作，呈現出一道「關於作品的作品」的奇觀和風景，是博爾赫斯對元小說寫作的巨大貢獻和嘗試。即便在某些小說裏，讓你讀不到、看不見他的寫作面前有着另外一本書，也在寫作的背後藏着一本存在卻是看不見的書，如《曲徑分岔的花園》中，故事中人物所有的那本《曲徑分岔的花園》樣。這種關於作品的作品，關於虛構的虛構，面對我們談論的小說的真實和真實性，已經消失得不復存在如本就沒有樣。所以當我們將博爾赫斯的寫作稱為幻想美學時，事實上是將那種真實和真實性，通過寫作的擺脫，而呈現出另外一種真實——幻想與冥思的真實和故事。他的這些關於作品的作品的元真實和元小說，給我們的正是「空無」和「虛幻的真實」在。

多元形式和通向真實的路

並不是所有的小說形式都是為了真實而存在，也不是所有的形式不存在小說內容上的真實性，不在形式與內容的真實上，產生着互動和因果。然毋需疑問的是，20 世紀的偉大作家和作品，無不在結構上用力和盡心，而每個作家所獨有的小說之形式，又都必然影響、改變着小說的敘述和結構。甚或可以說，不改變敘述與結構的形式是無形式。是寫作上不存在的無和虛。由此去看那些更為清晰、明瞭的諸多小說形式時，小說形式與真實，至少有以下幾種形式是明確的：

1. 參與、左右小說故事真實的小說之形式。如《潘達雷昂》、《美國三部曲》、《藍鬍子》和《竹林中》等。

2. 呈現敘述過程自身真實的小說之形式。如《項狄傳》、《寒冬夜行人》和博爾赫斯的諸多短篇及在中國一度熱賣的《忒修斯之船》[72] 等。

72〔美〕格・道斯特：《忒修斯之船》，顏湘如譯，中信出版社，2016 年 6 月。

3. 並不直接參與小說內容真實性的小說之形式，如帕維奇的《哈扎爾辭典》、《君士坦丁堡的最後之戀》，卡爾維諾的《帕洛馬爾》、《看不見的城市》和法國作家喬治・佩雷克的《人生拼圖版》[73] 等。這些小說在形式上，本質是種抽象物，沒有形式的真實或者非真實，但它們進入敘述時，卻因為形式改變了小說的敘述和結構，從另一個方面間接地影響着小說的內容和真實性。這種形式與內容真實的間接和距離感，如《哈扎爾辭典》的辭條法，《君士坦丁堡的最後之戀》中的塔羅牌的塔羅敘述法，《看不見的城市》和《帕洛馬爾》中的片斷式，以及《人生拼圖版》中的「樓窗式」。這些形式本身沒有故事的時間或空間在，沒有時間上的生命感，也自然使得這種形式在和情節內容的互動上，顯出了它的自由性和隨機性，而不是內容生命的真實性和延續性。所以在這種小說形式的敘述裏，才能夠如《哈扎爾詞典》樣，可以從前讀，可以從後讀，也可以從中間的任何一個章節讀。

73〔法〕喬治・佩雷克：《人生拼圖版》，丁雪英、連燕堂譯，安徽文藝出版社，1999 年 4 月。

而《看不見的城市》、《帕洛馬爾》和《人生拼圖版》，大抵亦都是如此的方式與方法。在某種意義上，這種形式下的敘述，本身構成了和內容一樣獨立的審美和展示，如其形式和內容的距離過遠不能交叉為一體時，那些千百年來都把故事（內容）視為文學中心皇位的讀者們，一旦失去了對形式欣賞的耐心後，便如雨天觀賞一把雨傘的美，會最終緣於無法走入傘下而離開。尤其如美國作家道格・道斯特的《忒修斯之船》，形式不僅取代了內容之本身，而且成為行為藝術般的形式之獨立，使其某種形式無所不用其極的存在在小說的裝幀和印刷裏，形成了敘述形式的行為、行動之奇觀，這不僅改變了小說的結構和真實，而且驚嚇了所有讀者對於小說內容與形式互為的真實觀，成為了一種小說形式的行為藝術之寫作（操作）。而與之對應的，是同樣有着鮮明的小說形式在，但因為這些形式並非抽象物，其形式本身帶有一種生命的記實性和真實性，使得這種形式一旦進入小說的敘述與結構，便會直接影響和加重小說內容的真實和真實性，從而在小說審美的展示和閱讀上，有着完全不同的結果和接受。

如美國作家愛麗絲・沃克的《紫色》、澳大利亞作家彼得・凱里的《凱利幫真史》[74]和更早的法國作家尤瑟納爾的《哈德良回憶錄》。凡此種種的小說形式，都簡潔而清晰，透過這些簡明的形式所帶來的被改變了的敘述與結構，其對故事（內容）的真實和真實性，彷彿一個車頭對後續車廂的領帶和影響。《紫色》和《凱利幫真史》，都是16世紀書寫中早已有之的「書信體」。然前者之書信，卻是一個受盡苦難的十四歲的女孩，一封封地寫給「上帝」的信。而後者，則是一個終生多難的綠林大盜，留給他終生無可相見的剛出生的女兒的書信和人生之述說。就小說形式言，書信體幾無新鮮的創造和奇異，只不過二位收信人——親愛的上帝和剛出生的小女兒——發生了變化後，小說的情感、敘述與結構，便由此完全不同了。且隨之帶來的真實和真實性，也彷佛月光有了太陽的熱，連故事中人物靈魂的一個冷寒顫，都能結下冰霜似的白。乃至於這些寫信人和收信者的不同和變化，使得小說中敘述的語言都有着生命的真實和律動。

74〔澳〕彼得・凱里：《凱利幫真史》，李堯譯，人民出版社，2004年1月。

《紫色》和《凱利幫真史》，形式上的書信體，拯救了書信這種古老的小說傳統和形式，使得這樣的寫作，煥發出一種全新的概貌和真實力。而《哈德良回憶錄》，因為「回憶錄」式的真實和悠然，使得整個小說顯出一種敘述上優雅的真實和節奏。這就是小說形式本身含有真實和未含真實在與敘述內容對接後的接受和結果。我們不能由此判斷有生命真實性的形式（如《紫色》中的書信體）和無生命真實性的形式（如《哈扎爾辭典》的辭條敘述法），在審美上誰更高於誰，誰更優於誰，因為這是完全不同種族、文化和小說題裁與敘述觀的兩個作家截然不同的敘述和故事，但也由此會讓我們產生一些奇怪的形式念頭和想法——

讓帕維奇去寫《紫色》的故事他會怎麼寫？

讓沃克去寫帕維奇的民族歷史又會怎麼樣？

又有一些新的奇怪的想法產生了。契訶夫那些憂傷動人的故事，如果都換一個故事的講法——讓每一個故事都有一個新的小說形式會有甚麼結果呢？《尤利西斯》中的布魯姆，倘是到了托爾斯泰筆下會是甚麼面目呢？若陀思妥耶夫斯基活在 20 世紀上半葉，他會成為意識流的大師嗎？難道世界上的每個故事都真的只有一個 —— 唯一的呈現形式嗎？到今天，我們在寫作小說時，一定要給故事賦予屬於它的唯一、獨有的講述方式嗎？如果是這樣，為甚麼我們幾百、上千的中國作家們，為何都還在用幾乎同一形式去呈現各種不同的故事呢？

又想到另外一些小說了。

他們的寫作有着鮮明的動向和方法，但在形式上，卻是「模糊」的，淡化的，彷彿沒有形式樣。布林加科夫的《大師和瑪格麗特》，故事那樣驚天動地進行着，作家就這樣自然而然地講述着。所謂形式，只是一個村落中和各戶人家一樣別無大差的房屋吧。然而那房屋與院落內的人與事，卻是天上地下的不同着。《午夜之子》和《撒旦詩篇》，大抵也如此，前者中那個滔滔不絕的敘述者，無非是接受了魯西迪的委託開始滔滔不絕着，單純地從小說形式言，並無太多奇新和發明，然而在他連珠炮或者蓮花落的講述中，其內容的千變與萬化，從經驗真實到超真之真之呈現，卻是萬物花開、碩果纍纍的。世界上有太多作家在今天的寫作中，就小說形式言，並沒有肉眼可見的創造和立新，不會如卡爾維諾和納博科夫們，讓每部小說都有着形式上的千萬變化與不同，然其裹藏在故事內部中的思維與方法，卻是絕然地有着異差和別樣。《法國中尉的女人》[75]是一部十二分好看的書，大家討論它的方法時，都會說到它是多種敘述的元小說，而其始終瀰漫在故事內部與人物身上的達爾文的進化論，又哪兒不是這小說敘述的方式與方法？《拉格泰姆時代》[76]中的美國大歷史，被碎斷切開分撒在故事的縫隙和斷裂處，膠黏着內容的真實裂口和塌陷，這又哪兒不是一種更內在的形式和方法？

> 如今我已是一個死人，成了一具躺在井底的死屍。儘管我已經死了很久，心臟也早已停止了跳動，但除了那個卑鄙的兇手之外沒人知道我發生了甚麼事。而他，那個混蛋，則聽了聽我是否還有呼吸，摸了摸我的脈搏以確信他是否已把我幹掉，之後又朝我的肚子踹了一腳，把我扛到井邊，搬起我的身子扔了

75〔英〕約翰・福爾斯：《法國中尉的女人》，陳安全譯，百花文藝出版社，2017 年 8 月。

76〔美〕E・L・多克托羅：《拉格泰姆時代》，劉奚、常濤譯，上海文藝出版社，2015 年。

> 下去。往下落時，我先前被他用石頭砸爛了的腦袋摔裂開來；我的臉、我的額頭和臉頰全部都擠爛沒了；我全身的骨頭都散架了，滿嘴都是鮮血。[77]

這是《我的名字叫紅》的小說第一節「我是一個死人」的開頭一段話，其形式或方法，始於此直到整部小說的最後一句、最後一字才結束。「我是一個死人」、「我的名字叫黑」、「我是一條狗」、「人們稱我為兇手」、「我是你們的姨父」、「我是奧爾罕」⋯⋯這些敘述視角的更換和轉移，宛若故事列車上一個又一個的視窗，從每一個視窗朝外看或者朝內看，風景、物事都是截然不同的，卻又都依着座號排列在這列故事列車上。麥克尤恩在他的《贖罪》小說裏，深深地鑲嵌着一次戲劇創作。奧茲在他的《愛與黑暗的故事》裏，以家庭婚愛為圓心，卻讓漣漪波動到民族、國家乃至與以色列相連的世界各國和各地去，使得小說在結構和敘述方法上，成為一個「圓心波動圖」。庫切和阿特伍德幾乎是每部

77〔土耳其〕奧爾罕・帕慕克：《我的名字叫紅》，沈志興譯，上海人民出版社，2008 年 5 月，第 1 頁。

小說都在變幻着內與外、可見可不見的方式與方法。而《盲刺客》和《別名格蕾斯》，則是把我們討論的形式與內容，連綴、結合到可謂完美到教科書般的演示和展出。單就小說形式言，《別名格蕾斯》中的被子拼圖、文獻資料、他作引述、詩歌寫作和作家對歷史人物、歷史事件，乃至於歷史習俗的精描與細繪，拿捏得水乳交融，無隙無隔，比《潘達雷昂》更有着柔美的真實和舒貼。

也許是緣於書架的單調和乏味，而不是今天的文學本身就是這樣子——隨便從書架上抽出一本小說來，其寫作的形式或方法，都如一部書在印刷時裹在硬殼封皮上的封面樣，彰顯着「沒有方法就沒有文學」、「沒有形式就沒有故事」那些話。只不過有的方法化為顯明的形式存在着，有的將形式化在內容的字裏行間時隱時現着。《2666》中的五部著作是被編輯編排、連綴起來的。而這一連綴和編排，也恰恰連綴出了首部和尾部的環形對應結構來。而其中第四部《罪行》的小說中，其男性作家對女性命運之關注，可讓其他作家用「敬」之目光去看待。然而《罪行》在其形式上，幾乎為「紀實」之敘述（哪怕是一種偽紀實），也還是讓小說的真實和真實性，行進到了震撼之地步。托卡爾丘克的《白天的房子，夜晚的房子》，則有着作家更內在的講故事的形式與方法。甚至頗像中國小說通常敘述的奈保爾的《大河灣》，也如我們慣常間的寫作樣，沿着「這樣開頭，那樣發展，如此這般地到了高潮和結尾」——似乎是「傳統」中的「無形式」，而仔細辨析小說中深藏的「西方文明巨大誘惑的憂與傷」的最現代的思考時，也才恍然而明白，奈保爾在最現代的思考下，使用這個「傳統」之敘述，也正是他寫作敘述中選擇的形式與方法。

在當下中國文學和世界文學中，我篤信（信仰）「沒有無形式的寫作和方法」，而不是「最高的形式是無形式」。之所以我們常常談到無形式，是因為我們沒有把那種被我們長期接受、並化為寫作血液的「這樣開頭，那樣發展，如此地高潮和結尾」——之方法，當做小說的形式與方法。就像我們總是在講故事的時候說：「很早很早的時候……」從而就不把古舊的講述，當做方式、方法了。

尾聲

原來，世界上所有的故事都是通過講述存在的，而講述又必然有着講述的形式和方法。如此是不是沒有講述就沒有小說呢？沒有講述的形式就沒有講述呢？如果是這樣，我們能不能說一切的故事（內容），都是靠方法存在着？而一切的方法，又都起始於形式之審美？

如此言，所有的形式便都是審美、都是藝術了，只不過某種審美範疇中的形式和藝術，到底含有多少真實和創造性，而這種真實和創造性的形式和價值，又該如何去衡定。

人類藝術中的人體繪畫與攝影，所有的努力都是為了人的「形相」之真實，所謂人的靈魂與精神，都是靠「形相」的形式表達的。而視小說的真實為靈魂和信仰時，形式又如何能不和真實相聯繫？而內容又如何會有無形式的靈魂呢？

事實上，所有人的形相都有他的靈魂在，而當用「庖丁解牛」的方法去討論形相和形式時，可能那個生命的靈魂已經不在了。

2022 年 4—6 月　於北京

附錄

閻連科著作出版年表

附錄
閻連科著作出版年表

一、小說

1. 長篇

1990 《情感獄》，解放軍文藝出版社

1993 《最後一名女知青》，百花文藝出版社

1995 《生死晶黃》，明天出版社

1998 《日光流年》，廣東花城出版社

2001 《堅硬如水》，長江文藝出版社

《鬥雞》，長江文藝出版社

2004 《受活》，春風文藝出版社

2008 《風雅頌》，江蘇人民出版社

2013 《炸裂志》，上海文藝出版社

2017 《速求共眠》，江西百花洲出版社

2020 《心經》，香港城市大學出版社

2021 《中原》（原名《中國故事》），花城出版社

2021 《年月日》，磨鐵出版公司

2023 《聊齋本紀》，聯經出版公司

2. 中篇

1997 《金蓮，你好》，中國文藝出版社

1998 《黃金洞》，中外文學出版社

2001 《穿越》，解放軍文藝出版社

2002 《夏日落》，春風文藝出版社

2003 《潘金蓮逃離西門鎮》，時代文藝出版社

3. 小說集

1992 《鄉里故事》，百花文藝出版社

1994 《和平寓言》，長江文藝出版社

1995 《朝着天堂走》，中國青年出版社

1996 《閻連科小說自選集》，河南文藝出版社

1998 《歡樂家園》，北京出版社，作家出版社

2000 《朝着東南走》，作家出版社

2001 《耙耬天歌》，北嶽文藝出版社

2002 《三棒槌》，新世界出版社

《年月日：閻連科小說作品精選》，新疆人民出版社

《鄉村歲月：大地蒼生的希望與失望》，新疆人民出版社

《中國作家經典文庫・閻連科卷》，光明日報出版社

2005 《革命浪漫主義：閻連科短篇小說代表作》，春風文藝出版社

2007 《瑤溝人的夢》，春風文藝出版公司

2009 《天宮圖》，江蘇文藝出版社

《四號禁區》，萬卷出版公司

《天宮圖》，萬卷出版公司

2010 《桃園春醒》，黃山書社

《閻連科小說精選集》，新地文化藝術有限公司

《中國當代作家獲獎作品典藏・閻連科卷》，河南文藝出版社

2012　《東京九流人物系列》，雲南人民出版社

《閻連科短篇小說代表作》，雲南人民出版社

2013　《奴兒》，上海文藝出版社

2014　《連科六短篇》，海豚出版社

《親愛的，西班牙》（小說、散文集），江蘇文藝出版社

二、散文隨筆

1998　《褐色桎梏》，百花文藝出版社

2002　《返身回家》，解放軍出版社

2004　《沒有邊界的跨越：閻連科散文》，長江文藝出版社

2008　《土黃與草青：閻連科親情散文》，花城出版社

《機巧與靈魂：閻連科讀書筆記》，花城出版社

2009　《閻連科散文》，浙江文藝出版社

2009　《我與父輩》，雲南人民出版社

2011　《走着瞧》，東方出版中心

2012 《北京　最後的紀念：711 號園》，江蘇人民出版社

《一個人的三天和》，人民大學出版社

2013 《一個人的三條河》，二魚文化

2014 《感念》，人民文學出版社

《我與父輩》，人民文學出版社

《711 號園》，人民文學出版社

《走在別人的路上》，上海人民出版社

2014 《從田湖出發去找李白》，明天出版社

2015 《兩代人的十二月》（與蔣方舟合著），印刻出版社

2017 《田湖的孩子》（原名《從田湖出發去找李白》），上海文化出版社

2018 《獨自走過的日子都有餘温》，湖南文藝出版社

2020 《她們》，河南文藝出版社

《推開中國的另外一扇窗》，香港城市大學出版社

三、論述、演講、訪談對話集

2002　《巫婆的紅筷子：作家與文學博士對話錄》（與梁鴻對話），春風文藝出版社

2008　《拆解與疊拼：閻連科文學演講》，花城出版社

2011　《發現小說》，南開大學出版社

《我的現實，我的主義：閻連科文學對話錄》，中國人民大學出版社

2012　《一派胡言：閻連科海外演講集》，中信出版社

《寫作最難是糊塗》，人民大學出版社

《丈量書與筆的距離》，人民大學出版社

《閻連科文論選》，百花洲出版社

2017　《閻連科的文學講堂》：《19 世紀卷》、《20 世紀卷》，香港中華書局

2020　《野嗓子：海外演講集》，香港城市大學出版社

《沉默與喘息：海外演講集》，香港城市大學出版社

2023　《聊齋的帷幔》，聯經出版公司

2024　《小說的信仰》，聯經出版公司

四、系列叢書

1996 《閻連科文集》（五卷），吉林人民出版社

2004 《中國當代作家選集叢書：閻連科》，人民文學出版社

2007 《閻連科文集》（十二卷），人民日報出版社

2011 《閻連科中篇小說編年》：《藝妓芙蓉：1988—1990（第 1 輯）》、《中士還鄉：1991—1993（第二輯）》、《耙耬山脈：1993—1996（第三輯）》、《桃園春醒：1996—2009（第四輯）》

2012 《和平軍旅系列》（小說集・上、下卷），雲南人民出版社

《耙耬系列》（小說集・上、下卷），雲南人民出版社

2012—2013 《閻連科作品集》（十七卷），經典博維出版公司

2013 《閻連科研究專輯》（上、下卷），百花洲出版社

2014 中篇小說集《黑白閻連科》（四卷），人民文學出版社

2021　《閻連科散文集》（四卷）：《我與父輩》、《她們》、《711 號園》、《生命於我，就是笑着等待》，浙江文藝出版社

2025　《閻連科文學理論系列》（五卷）：《發現小說》、《19 世紀寫作十二講》、《20 世紀寫作十二講》、《小說的信仰》、《聊齋的帷幔》，香港中華書局